科警研のホームズ
絞殺のサイコロジー

喜多喜久

宝島社
文庫

宝島社

目次

第一話　悲劇を招くアヴォケイション

1

日常と非日常の境目などというものは存在しないのだ。

平沼勝也《ひらぬまかつや》は、ふいにそのことに思い至った。

当たり前の話だが、法律の範囲を示すラインが目に見える形で引かれているわけではない。だから、越えた瞬間を認識することはできない。そういうことだ。

そんなことを考えながら、懐中電灯を手にタンスを漁《あさ》り続ける。

深夜の和室は静けさに包まれていた。大きな音を立てれば、近隣住人に気づかれかねない。物音に注意しながら、タンスの引き出しの中を掻《か》き回す。メモの切れ端、ヤマセミが描かれた古い八十円切手のシート、変にべたつく消しゴム、ダンゴムシのように丸まった絵の具……。引き出しにはガラクタが無造作に詰め込まれていた。

金目のものがあるとは思えない。これ以上探っても無駄だな、と判断しかけた時、紙切れに手が触れた。指先が「嬉《うれ》しく」なる感覚……。

平沼はその紙を慎重に引っ張り出し、懐中電灯の光を当てた。

「……違うじゃんか」と平沼は呟《つぶや》いた。てっきり一万円札だと思ったが、奥の方にあったのは紙幣と同じサイズの紙だった。

それを握り潰し、平沼は思いっきり引き出しを閉めた。

さて、次はどこを探そうか。そう思って懐中電灯を動かした時、光の中に大きく見開かれた二つの目が現れた。

「うおっ」と思わず声を出してしまう。

口にタオルを巻かれ、両手両足を粘着テープで縛られた老人。布団の上に転がされた家主が、平沼を睨《にら》みつけていた。俺の金に手を出すな――とその目が言っていた。

「なあ、爺《じい》さん。どこに金を隠してるんだ？　知ってるんだぜ。近所の寄り合いで札束を見せびらかしたんだろ」

平沼の質問に、老人は大きく目を見開いた。

殺意さえ感じさせる強烈な視線を向けられ、平沼は顔をそむけた。

夜中に強盗に押し入られ、体の自由を奪われてもなお、老人は平沼への敵意を隠そうとしていない。命の危険があるにもかかわらず、それでも金に執着している。歪《いびつ》だが強靭《きょうじん》なその精神力が恐ろしかった。

平沼は懐中電灯を持ち直すと、立ち上がって押し入れを開いた。下の段に入っていた布団を引っ張り出し、それを家主の上半身にかぶせる。一枚だけでは足りない気がしたので、三枚を重ねた。その間、家主の老人は身動き一つしなかった。

布団に背を向け、平沼は押し入れの中に頭を突っ込んだ。

別に、そこが怪しいと睨んだわけではなかった。ただ流れで調べ始めただけだったので、奥の方に金庫があるのを発見した瞬間、「え、マジか」と声を上げていた。

金庫のサイズは、一辺がおよそ四〇センチほど。一枚の扉に取っ手とテンキーがあるだけのシンプルな構造だ。

これが探していたものだ、という確信があった。取っ手を持って動かしてみたが、施錠されていた。決められた暗証番号を打ち込まないと開かないようだ。

念のために金庫の周りを調べてみたが、暗証番号をメモした紙は見当たらない。

「さすがにそこまで間抜けじゃねえよな。……本人から聞き出すか」

和室の中央に目を向ける。重ねられた布団の山は微動だにしていない。そちらに近づき、慎重に布団をめくる。

すべてめくり終えたところで、「おい、爺さん」と家主に呼び掛ける。「金庫を開けたいんだ。番号を教えてくれ。タオルを外すけど、助けを呼ぼうなんて思わない方がいい。おとなしくしてれば何もしないからさ」

平沼は穏やかに話し掛けてから、家主の顔に懐中電灯の光を向けた。

その目はさっきと同じように大きく見開かれていた。ただ、その瞳からは、さっきの迫力が消え失《う》せていた。

懐中電灯の光を目に近づけても、何の反応もない。そこで、平沼は医療ドラマのワンシーンを思い出した。医師が患者の目にペンライトをかざし、死亡していることを確認するシーンだ。

家主の老人は死んでいた。あまりにあっけない死だった。

「……金庫は持って帰るしかないか」と平沼は立ち上がった。

想定外の事態にも冷静な思考を保っている自分がいることに驚きつつも、平沼は改めて感じていた。人の死すらも、日常と非日常の境目にはなりえないのだと。

2

「……ここだよな」

松山悠汰《まつやまゆうた》は玄関前で足を止め、理学部一号館を見上げた。

やっぱり大きいな、と改めて感じる。

理学部一号館は十二階建てで、東啓《とうけい》大学の敷地内でも五本の指に入る高さを誇っている。前面の大半がガラス窓になっていて、春の柔らかい日差しで建物全体がぼんやりと光り輝いていた。

東啓大学は三年生になる時に学部を選択するシステムになっており、松山は理学部を選んだ。それから一年が経《た》とうとしているが、理学部一号館に足を踏み入れたことは一度もなかった。講義や学生実験は理学部の別の建物で行われたからだ。

基本的に理学部一号館は研究者のための場所、という扱いになっている。そのため、理学部生は皆、研究室に配属され、卒業研究を行う四年生になって初めてここに来るわけだ。

現在の時刻は午前九時四十分。今は春休み中だが、四月から配属になる研究室での顔合わせのためにやってきた。

風が吹き、数枚の桜の花びらが足元をさらさらと流れていく。

松山は前髪を軽く直し、ポケットから学生証を取り出した。

ICチップの入った学生証を自動ドアの脇の読み取り機にかざすと、玄関の自動ドアが開く。

ロビーは広く、天井が高い。白いタイルの床を見て、松山は親類の結婚式が行われた教会を思い出した。ここには、それと似た開放感と清潔感がある。

春休み中だからか、辺りにひと気はなく、しんと静まり返っていた。目的のフロアは七階だ。松山はロビーを進み、奥にあるエレベーターに乗り込んだ。

加速度はさほど感じなかったが、猛烈なスピードで液晶パネルの階数表示が増えていく。理学部一号館は数年前に建て替えられたと聞いている。最新式の、速度の速いエレベーターが設置されているようだ。

あっという間に七階に到着する。まっすぐに延びた廊下の左右に、スライド式のドアが並んでいる。

灰色をした廊下に置かれているのは消火器だけで、ここが実験施設であることを匂わせる物は見当たらない。ただ、部屋の中からは、遠くでバイクがアイドリングしているような音が聞こえてくる。実験時に揮発した化学物質を排出するための、強力な換気装置が動いているのだろう。

大学院生には長期休暇という概念がない、と聞いたことがある。夏も冬も春もまとまった休みを取ることはなく、日曜日以外は——人によっては毎日——実験に汗を流すのだという。しかも、多くの院生は強制ではなく自主的にそうしているらしい。それだけ研究にやりがいを感じているのだろう。

……自分もそんな風になれるのだろうか。

がらんとした廊下を歩きながら、松山は自問自答した。

理学部には化学科、生物学科、数学科など、全部で十の学科があり、理学部進学時にいずれかを選ぶルールになっている。松山が選んだのは化学科だった。その理由は化学が好きだから——ではない。数学や物理は大学に入ってすぐに挫折《ざせつ》しており、生物に関してはあまり興味を持てなかった。消去法で残ったのが化学だった、というだけだ。

ただ、この一年で化学を好きになれたかというと、かなり怪しい。

一口に「化学」と言っても、中身は有機化学や無機化学、分析化学に物理化学など、さらに細かくジャンル分けされている。それらの講義をひと通り受けてきたが、「将来はこれをやりたい」と感じた分野が一つもなかった。面白そうだ、という好奇心がうずくものを見つけられなかったのだ。

だから、研究室選びでは苦労した。果たして自分は何をやりたいのか、何になりたいのか。松山は昨年の秋頃からずっとそのことを考えていた。研究室見学に参加したり、在籍している上級生から話を聞いたりしたが、どうにもピンと来ず、松山は答えを出せないまま年を越してしまった。

研究室の決定は二月上旬だ。どうすればいいのだろう、と迷い続けていたある日。松山は理学部内の掲示板に貼られた一枚のポスターに目を留めた。それは、この四月から新たに開設される寄附講座に関する案内だった。

講座の名は、『科学警察研究講座』。科学捜査に関するテーマを扱う研究室で、警察庁の協力を得て開設される運びとなったらしい。四年生の募集人員は二名で、「学科に関係なく、理学部全体から希望者を募る」とポスターには記載されていた。

それを一読し、「ちょっと面白そうだな」と松山は思った。松山の父親は科学捜査を題材にした海外ドラマのファンで、各種ＤＶＤを揃《そろ》えるくらいにのめり込んでいた。

結構グロテスクなシーンもあるのだが、中学生の頃から松山も科捜研系のドラマを見るようになった。登場人物の軽妙なやり取りの場面と、専門知識を活かして難事件をズバズバと解決していく場面のギャップが楽しく、半年ほどで父親の持っているDVDはすべて制覇してしまった。

大学に入ってからはその手のドラマから遠ざかっていたが、当時感じていた科学捜査に対するポジティブな感覚はまだ生きていた。他の研究室に強い興味を持てなかったこともあり、松山は科学警察研究講座への配属希望を出したのだった。

やりたいことを見つけられずにここまできた。大学院に進むかどうかも未定だ。科学捜査の研究はどうだろうか。休みの日を自主的に返上するくらいのめり込んでみたい――松山はそんな希望を胸に、今日の顔合わせの日を迎えていた。

角を曲がり、奥へと進んでいく。しばらく行くと、突き当たりにスーツ姿の男性が立っているのが見えた。窓の方に体を向け、眼下に広がるキャンパスを眺めている。

年齢は二十代後半だろう。

少し下がり気味の眉と、穏やかな眼差《まなざ》し、そして口元のわずかな笑み。優しそうな人だな、というのが横顔を見た第一印象だった。

近づいていくと、足音に気づいて男性がこちらを向いた。

「松山悠汰くんかな？」

「あ、はい、そうです」

「初めまして。北上純也《きたかみじゅんや》です」と男性が名乗る。

「お世話になります」とお辞儀をしたところで、松山は違和感を覚えた。松山の名前を知っているということは、彼は科学警察研究講座の関係者なのだろう。しかし、北上は今年の初めに行われた研究室紹介の場にはいなかった。講座の開設に合わせて外部からやってきた助教か何かなのだろうか。

「あの、北上先生は……」

尋ねかけたところで、「あ、いや、僕は先生じゃないんだ」と北上が言った。「博士課程の学位取得のために研修に来ている、派遣研究員なんだよ」

「というと、どこかの企業にお勤めなんですか」

「企業というか、公務員だね。北海道警の科捜研の職員だよ」

科捜研という言葉を耳にした瞬間、北上の体が急に輝き始めたような気がした。ドラマでしか見たことのなかった立場の人物が目の前にいる——毎日のようにテレビに出ている人気芸能人と遭遇したような高揚を松山は感じた。

「科捜研にお勤めなんて、すごいですね」

「うーん、どうなのかな。勤務成績は普通だけど」と北上は苦笑した。「僕よりも、土屋《つちや》さんの方がずっとすごいよ」

「え、土屋先生が……？」

科学警察研究講座の責任者が土屋であることはもちろん知っている。ただ、松山はそれ以外の情報をほとんど把握していない。

土屋は環境学科の准教授で、松山とは学科が違う。そのため、講義を受けたこともなければ、会話をしたこともない。キャンパス内でたまに見掛ける程度だ。研究室紹介の場には来ていたが、土屋は自身がトップを務める環境分析科学研究室のことばかり説明していた。科学警察研究講座については、「兼務という形で指導教員を務める」としか聞いていない。

「あれ、まだ土屋さんとは話してないの？」と北上が不思議そうに言う。

「はい。研究室の配属が決まったあとも、特に連絡はありませんでした。直前に学内メールで、顔合わせの日時が送られてきただけです」

「そっか。じゃあ、このあとにその辺の話題も出ると思うよ。中に入ろうか。もう一人の学生さんは先に来てるよ」

北上が近くのドアに手を伸ばす。ドアプレートには、〈科学警察研究講座・事務室〉と表記されていた。ここが自分たちの部屋になるようだ。

軽くノックをしてから、北上がドアを開けた。部屋は八帖《じょう》ほどの広さで、中央にテーブル、三方の壁それぞれに事務机が一台ずつ置かれていた。

テーブルには、黒髪の女子学生の姿があった。顔を見て、「あ、知ってる人だ」と松山は思った。キャンパスで何度も見掛けたことがある。身長が一六五センチ程度と女性にしてはやや高く、いつも背筋をすっと伸ばして歩いている姿が印象に残っていた。

顔立ちは純和風で、白い肌はとてもきめが細かい。合気道とか薙刀《なぎなた》とか、そういう武術をやったらさぞかし映えるだろうと思う。凛《りん》としている、という表現が実にしっくりくる。

ただ、顔は知っていても名前は分からない。東啓大は学生数が多く、理学部だけでもひと学年三百人もいる。化学科所属の五十人でさえ、全員の名前を言えるかと訊《き》かれたら怪しいくらいだ。他の学科の学生は言うまでもない。

「二人は面識はあるのかな？」と北上。いえ、と松山は首を振った。

「じゃ、お互いに自己紹介を」

「はい。藤生《ふじお》星良《せいら》です。専攻は分子生物学科です。よろしくお願いします」

椅子から立ち上がると、藤生は落ち着いた声で名乗り、会釈をした。

「あ、どうも。化学科の松山悠汰です」と松山は慌てて頭を下げた。

「化学系と生物系か。うん、バランスが取れていていいね」と北上が松山たちを見比べて言う。「新設の研究室だからいろいろ不便な面もあると思うけど、とりあえず一年、このメンバーでやっていこう」

「質問、いいですか」と藤生が手を顔の高さに持ち上げる。

「もちろん。座って話そう」

北上に促され、松山は藤生の向かいに座った。

「理学部に科学警察研究講座が開設されるという話を初めて聞いたのは、昨年の秋でした。以前からその予定があったのでしょうか？」

「計画が持ち上がったのは去年の三月だね。それから一年の準備期間を経て、この四月に開講されたんだ」

「開設までの経緯はご存じでしょうか？　私の知る限り、東啓大で科学捜査に関する研究室が作られたのは初めてだと思うのですが」

「そうだね……」と北上が壁の掛け時計に目をやる。「土屋さんが来るまで少し時間があるから、先に話しておこうか」

「お願いします。できれば、なるべく詳しく伺いたいです」

藤生は北上に真剣な眼差しを向けている。ずいぶん熱心だな、と松山は感心した。研究室の成り立ちに強い興味があるようだ。

いや、藤生の方が普通で、むしろ自分の方が変なのかもしれない。松山は考えを改めた。最短でも一年という期間をここで過ごすのだ。卒業研究を行う舞台について関心があるのは当然だろう。

「じゃあ、最初から説明しようか。ここのリーダーである土屋さんは元々、科学警察研究所にいたんだ。科警研のことは知ってるかな？」

「はい」と藤生が頷《うなず》く。「科学捜査に関する技術研究を行う機関ですよね」

「そう。科学捜査研究所──科捜研は『いま起きている事件に対処する』部署で、科警研は『将来の事件に備える』部署、と言えるかな。よく勘違いされるけど、科警研が科捜研の上位機関、というわけではないんだ。そもそもの役割が違うからね」

北上は丁寧にそう解説した。たぶんこれは自分に説明してくれているんだな、と松山は気づいた。自分は知らないうちに、「科警研ってなんですか？」という雰囲気を醸し出していたらしい。実際、科警研の名前は知っていたが、中身はよく分かっていなかった。海外ドラマばかり見ていたので、日本の警察組織がどうなっているのか全然把握できていない。

「話を戻すよ。土屋さんは科警研で働いていたんだけど、ただの研究員じゃなかった。本来の業務である技術開発だけじゃなく、犯罪捜査に積極的に協力し、数々の事件を解決に導いてきたんだ。超人的な活躍ぶりから、『科警研のホームズ』という異名で呼ばれていたらしいよ」

「へえ、そんなにすごい人だったんですか」

研究室紹介の際に見掛けた時の土屋からは、ホームズと呼ばれるほどの切れ者らしさは感じられなかった。語り口は穏やかで、どちらかと言えばぼんやりした印象を受けた。まさか、そんなすごい経歴の持ち主とは。

「そんな方が、どうしてこの大学に？」と、微妙に上ずった声で藤生が先を促す。さっきまでは真顔だったのに、今は瞳を輝かせて北上の話に聞き入っている。さらに強い興味が湧いてきたらしい。

「うん。土屋さんは科警研でバリバリ活躍していたんだけど、出身研究室の教授に頼まれて、この大学の環境分析科学研究室の責任者に就任したんだ。二〇一六年の十月だから、今から三年半前のことだね」

「ということは、東啓大のご出身なんですね」

「そう。学生時代は分析科学を専門にしていたみたいだね。そのあと、研究室の方針が変わって環境科学を中心としたテーマを扱うようになったらしい。だから、土屋さんはあえて専門外の分野に飛び込んでいったことになる」

「科警研を辞める時に、誰も引き留めなかったんですか」

「考え直せと何度も言われたらしいね。でも、土屋さんの意志は固かった。まあ、いろいろあったんだと思うよ」

北上はテーブルに目を落としながら語り、「それでも、土屋さんの復帰を望んだ人は多かったんだと思う。だから、科警研の分室というものができたんだ」と顔を上げた。

「分室……？」と藤生が眉根を寄せる。

「ミニ科警研とでも言えばいいのかな。科学捜査を通じて事件の解決に協力する部署で、東啓大の准教授と兼任する形で、土屋さんがそこのトップを任された。というより、彼の能力を活かすために分室が作られた、というべきだろうね。場所はこのキャンパスから歩いて五分ぐらいのところにあったよ。雑居ビルの一室が事務室でね。僕は北海道警から、研修という形で分室にやってきたんだ」

「じゃあ、土屋先生とはその時からのお付き合いなんですか」

「そうだね。同じように研修に来ていたメンバーと一緒に、いろんな事件に関わったよ。僕たちなりに結果も出したつもりだ。ただ、分室というのはやっぱり不便だって結論になった。専用の実験機器は一つもなくて、分析作業や高度な計算は東啓大の施設を使って行ってたからね。だったらいっそのこと講座にした方がいいってことで、この科学警察研究講座が作られたんだ。これが開設の経緯だよ」

「なるほど……」と藤生が神妙に呟く。「土屋先生は、引き続き今の研究室の仕事と兼務されるんですね」

「今のところはね。でも、少しずつこちらに軸足を移すつもりなんじゃないかと思ってる。まずは寄附講座という形で様子を見て、順調そうなら正式な研究室に昇格させるって話も出てくると思うよ」

「順調かどうかは、何をもって判断するのでしょうか」

ずばりと藤生が切り込む。

「そこは土屋さんから話した方がいいかな。僕は正式なスタッフじゃないし、研究室の運営そのものには関わってないからね。言葉に責任を持てない」

北上は顎に手を当てながら言い、再び時計に目をやった。時刻はぴったり十時になっていた。あらかじめ伝えられた集合時間だ。

「そろそろかな。土屋さんを呼んでくるよ」

席を立ち、北上が部屋を出ていく。

急に二人きりにされ、松山は居心地の悪さを感じた。別に異性と話すことに抵抗はないのだが、藤生に対してはなんとなく声を掛けづらい。彼女のまとっている清廉な気配がそう感じさせるのかもしれない。

藤生は黙ってメモを見ている。さっきの北上の話を書き留めていたらしい。話し掛けなくていいですよ、という雰囲気を漂わせているように見える。

このまま北上が戻ってくるのを待つ手もあったが、松山は唾を飲み込んで、「あのさ」と話し掛けた。藤生はこれから一緒に卒業研究に臨む仲間だ。うまくやっていくためにはコミュニケーションが重要になる。

「藤生さんは、科学捜査に詳しいみたいだね」

「詳しい？」と藤生がメモから目を上げる。その口元に笑みはない。「それって、比較対象は誰なの？」

「え？　うーんっと、まあ、理学部の同級生の中で、かな……」

「それならたぶん、一番よく知ってるとは思う。私は最初から、科捜研に就職するつもりでいたから」

「え、そうなの？」

　思いがけない言葉に、一気に彼女との心の距離が開いた気がした。自分はまだ大学院に進むかどうかも決めていないというのに、藤生は具体的な進路を定めている。なんというか、人間としての格の違いを見せつけられた気分だった。

「私は運がよかったと思う。理学部の中でも分子生物学科を選んだのは、科学捜査でよく使う分析手法――特にＤＮＡ関連の基礎技術を身につけるためだったの。まさか、自分が四年生になるタイミングでこんなぴったりの研究室が開設されるなんて、夢にも思わなかった」

　藤生は握った右手を見つめながら熱っぽく語り、「松山くんは？」と視線を向けてきた。「どうしてこの研究室を選んだの？」

海外の科捜研もののドラマが好きだったから、と答えたら藤生を落胆させてしまう気がする。松山は二、三秒考えてから、「大学で習ったのと全然違うことをやってみたかったから、かな」と答えた。

「……奇抜な考え方だね」と藤生が怪訝《けげん》そうに言う。「どうしてそう思ったの？」

「俺、大学に入ってからずっと、消去法でやってきたんだ。苦手な科目を避け続けた結果、逆にどの分野にも興味が持てなくって。だったらいっそ、ゼロからやる方がいいんじゃないかなって」

考えながら喋《しゃべ》っているうちに、ほぼ本音に近い内容になっていた。とはいえ、非常識な発想であることに変わりはない。

藤生に軽蔑《けいべつ》されるかと思ったが、彼女の評価は「案外、合理的なのかもね」というものだった。表情を見る限りは、お世辞の類いではなさそうだ。

無難な滑り出しになったことに安堵《あんど》したところで、北上が部屋に戻ってきた。

「土屋さん、もうすぐ来るって。向こうでの挨拶が少し長引いたみたいだ」

彼の言う「向こう」というのは、土屋が責任者を務める環境分析科学研究室のことだ。そちらの事務室や実験室は一つ下の六階に固まっている。北上は様子を見に、下のフロアに行っていたのだろう。

「それは……」

北上が戻ってから三分後。ノックもなしにいきなりドアが開いた。

現れたのは、しわだらけのスーツを着た男性だった。髪にはそういうセットなのかと思うほどはっきりした寝ぐせがあり、顎には無精ひげが生えている。土屋だ。研究室紹介の際に見掛けた時よりも、さらにだらしない格好だった。

ちらりと藤生の表情を窺《うかが》う。彼女の眉間にはつまようじが挟めそうな、くっきりしたしわが浮き上がっていた。土屋の風貌に失望しているのは明らかだった。

「すまんな、予定より遅れて。ええと、これで全員か？」

「そうです。四年生二名、派遣研究員一名。それが今年度の科学警察研究講座のメンバーです」と北上が丁寧に説明する。

「そうか。えーと、君たちの研究指導を担当する土屋だ。この研究室では、科学捜査に活用できる技術の開発を行っていく。明日から使えるものを目指すというより、応用性のある基礎的な技術を作り上げることに重点を置くつもりだ。最初のうちは、科学捜査の基本的な実験手順の習得に努めてもらうことになる」

土屋はズボンのポケットに手を突っ込みながらそう説明し、「質問は？」と松山たちを順に見た。

はい、と藤生が間髪をいれずに手を上げる。

「研究活動の中で、未解決事件の捜査に協力することはあるのでしょうか」

「そこのところなんだよな……」と土屋が頭を掻く。「この講座の立ち上げには科警研も関わってるんだが、向こうからは『捜査に積極的に協力してくれ』と頼まれているんだ。北上にその役割を頼むつもりなんだが、君たちはどうする？　希望を聞きたい」

「どういう事件を扱うのでしょうか」

「発生から一年以上が経過し、投入される捜査員が減っている案件に限定する予定だ。協力要請があったとはいえ、人手が足りているところに乗り込んでいったら鬱陶しがられるだろうからな。主役じゃなくてあくまでサポートだよ」

「そういうことでしたら、ぜひやってみたいです」

藤生は悩む様子もなく、土屋をまっすぐに見据えながらそう言った。

「そうか。で、君は？」

あっさりと藤生の希望を受け入れ、土屋は松山の方に顔を向けた。

唐突な展開に頭が追い付かない。「あの、もし『やりません』と言ったら、どうなるんでしょうか」と松山は恐る恐る尋ねた。

「別にどうもならないよ。基礎技術の訓練をしつつテーマを検討して、秋から卒業研究をスタートさせるだけだから」と、土屋は力みのない声で答えた。

「……そうですか。土屋先生はどう思われますか」

「俺はどっちでも構わないよ。君の好きにしていい」

土屋は泰然としている。柔軟すぎるそのスタンスに松山は戸惑っていた。いきなりこんな重要な選択を突き付けられても困る。判断をする材料があまりに不足している。

「松山くん。今日、この場で結論を出さなくてもいいよ」そこで北上が助け船を出してくれた。「最初は基礎トレーニングだけにして、途中から捜査協力のための実験に参加するって手もあるからね」

その言葉に松山はホッとした。

「じゃあ、とりあえず保留ということでお願いします」

「了解した」と土屋が頷く。「それじゃ、実験設備の案内に移ろうか。部屋は全部六階だ。君たちには、環境分析科学研究室の実験室を使ってもらう」

土屋、北上が順に事務室を出ていく。それに続こうとする藤生を、「あのさ」と松山は呼び止めた。

「何？」

「さっきの話……捜査協力への参加、どっちにしたらいいかな」

「私はどちらでもいいと思う」と藤生が淡々と言う。「松山くんのやりたいようにやったらいいんじゃない」

「……そう言われてもなあ、って感じなんだけど。藤生さんの意見を聞かせてもらえないかな。参考にしたいんだ」

「私の意見が必要なの？　大事なことだと感じているのなら、自分で決めた方がいいよ」

「優柔不断だから、他人のアドバイスがほしいんだ」

松山が手を合わせてみせると、藤生は小さく息をついた。

「個人的には、松山くんにも参加してほしい。扱うのは未解決事件でしょ。つまり、どこかに解決を望んでいる人たちがいる。少しでも早く真相にたどり着くためには、人手があった方がいいと思うの。たとえ素人であってもね」

藤生はそう言うと、ドアを開けて廊下に出ていった。

「……素人であっても、か」

藤生の言葉が頭の中で響いている。彼女の言う通りだ。助けられるかどうかは別として、困っている人に手を差し伸べることはできる。それは絶対的に「いいこと」であるはずだ。

やってみようかな、という気持ちが少しずつ大きくなっているのを感じる。

「……ホント、影響されやすいな、俺って」

一人で苦笑し、松山はドアノブに手を掛けた。

3

四月六日、月曜日。顔合わせの日からちょうど一週間が経ったこの日、松山は化学実験に挑んでいた。

環境分析科学研究室――通称、環科研の実験室は三箇所あり、化学合成用の部屋の片隅に松山の専用実験台が用意された。

実験台のサイズは、幅一メートル半、奥行き七〇センチほど。その台の中央に今、ガラス製の丸底フラスコがちょこんと置かれている。フラスコに入っているのは、白や黄色や黒の粉で、それらすべてを足しても〇・一グラムもない。

「じゃあ、ここに溶媒を入れてみて」

斜め後ろから、北上が指示を出す。松山は頷き、手にした駒込《こまごめ》ピペットを褐色の試薬瓶に差し入れ、ジメチルホルムアミドを一〇ミリリットル吸い取った。それをフラスコに入れ、埃《ほこり》が入らないように軽く栓をする。これで準備は完了だ。

実験台の奥には棚があり、頑丈な金属のフレームが数本、格子状に取り付けられている。そこにクランプと呼ばれる鶏《とり》の足に似た形の器具を固定し、三本の爪でフラスコを挟んで空中に設置する。

そのフラスコの下に、平たい装置を差し入れる。これはマグネチックスターラーという機械で、上に置いたものを磁力で回転させる機能がある。これにより、フラスコに入れた攪拌子《かくはんし》と呼ばれる小さな磁石を回し、反応溶液を均一に掻き混ぜるのだ。反応のセットを終え、松山は息をついた。手に汗をかいている。それを白衣の裾で拭ったところで、「緊張してたみたいだね」と北上に話し掛けられた。

「そうですね。試薬をこぼさないように必死でした」

「学生実習で化学反応をやらなかった？」

「やりましたけど、四人一組の班だったので。最初から最後まで一人でやるのはこれが初めてです」

「そっか。でも、まだ『最後まで』ではないね。反応が終わったら後処理をするし、精製までやってもらうからね」と北上。

ちなみにいま行っているのはアミド化と呼ばれる実験だ。作業手順を習うための反応なので、作るものには特に用途はない。

「あの、質問いいですか」

「もちろん。なんでもどうぞ」

「科捜研の仕事で、化学合成を行うことはあるんでしょうか」

「普通はないかな。サンプルの分析が主な仕事だからね。でも、科警研の分室時代は自分で手を動かしたことはあったよ。死因を特定するために、遺体の血中に含まれる微量成分を合成して毒性を調べたんだ」

　死因、という言葉にドキリとした。犯罪の捜査に関わる中で、人の死が絡む案件を扱うことがあったのだ。それはつまり、自分たちも同じ状況になりうるということだ。いや、むしろわざわざ捜査協力を依頼するくらいなのだから、凶悪犯罪であるケースの方が多いのではないだろうか。

　松山はまだ、人の死というものに直接触れたことがなかった。家族も親族もみな健在で、松山が生まれてから近親に亡くなった人が一人もいない。そのため、死が周囲の人間の心にどれほどの影響を与えるのか、具体的に想像するのが難しい。どのくらい悲しいのか、どのくらい寂しいのか、どのくらい切ないのか。その度合いがよく分からないのだ。

「人が亡くなった事件の捜査に加わる時は、やっぱり気合が入りますか」

　心に浮かんだ問いを投げ掛けてみる。北上は「うーん」と腕組みをした。

「そうだよ、と言うのが道義的には正しいんだろうけどね。今はむしろ、そういう感覚は持たないように心掛けてる。事件の被害者に肩入れしすぎると、仕事に影響が出かねないからね。プロとして、目の前のサンプルに集中するのが一番大事だと思う」

「なるほど……」

「慣れないうちは、どうしてもいろいろ考えてしまうと思うけどね。松山くんもあまり気にしすぎないことだね。気楽にやればいいよ」

北上はそう言って微笑《ほほえ》むと、「そろそろ行こうか」と白衣を脱いだ。研究室のミーティングの時間だ。

しっかり手を洗い、北上と共に階段で七階に上がる。

事務室に戻ると、すでに藤生の姿があった。彼女は生化学系の実験室に自分の席があり、そこで基礎的な技術習得のトレーニングをしている。

「お疲れ様。実験の調子はどう？」と北上が尋ねる。

「順調だと思います。目的のDNAが増幅されていることを確認できました」

藤生は今、ポリメラーゼ連鎖反応――PCRと呼ばれる手法を学んでいる。微量のDNAを何百万倍にも増幅する反応で、科学捜査でもよく用いられるものだ。

「それは何よりだね。PCRはとても重要な手法だから、しばらく続けて練習していこうか。遺留品のDNAの増幅操作にミスがあって、誤認逮捕を引き起こしてしまう――なんて事態は絶対に避けなきゃいけないからね」

「はい。よろしくお願いいたします」

藤生が神妙に言ったところで、土屋が事務室に姿を見せた。

薄手の黒の丸首セーター、カーキ色のチノパン、素足にサンダル――先週とまったく同じ格好だ。初日こそスーツを着ていたが、それ以降土屋はずっとこの服装で大学に来ている。同じ服なのか、似た服を毎日着ているのかは分からないが、ファッションには何のこだわりもないようだ。

「揃ってるな。じゃ、ミーティングを始めるか。北上。例のアレ、決まったか？」

土屋の質問に、「とりあえず、一つに絞り込みました」と北上が頷く。

「分かった。それなら北上の方から説明してやってくれるか。俺はそっちで作業しながら聞いてるから」

土屋はそう言うと、ミーティング用のテーブルを素通りして北上の席に座った。この事務室には土屋の席はなく、彼は普段、六階の教員室で過ごしている。

持ってきたノートパソコンを開くと、土屋は文章を打ち込み始めた。視線は完全に画面に固定されている。どう見ても、ミーティングに「参加している」とは言いがたいスタイルだが、北上は平然とテーブルについた。

「それじゃ、始めようか」

「……いいんですか？」と藤生が土屋に険しい目を向ける。

「大丈夫、大丈夫。昔からこんな感じだから」と北上が笑う。土屋との付き合い方を充分に心得ているようだ。

しぶしぶ、といった様子で藤生が席につく。それを見て、松山も向かいに座った。

「今日のミーティングの主題は、僕たちが取り組む事件について。科警研を通じて警視庁の方に相談して、いくつかの案件を出してもらったんだ。その中から僕が選んだのが、この事件なんだけど」

北上が印刷された資料を松山たちに差し出す。二十ページほどの量だった。僕も受け取り、ぺらぺらとめくってみる。最初のページには事件の概要が記載されていた。

事件が起きたのは、今から一年半前。東村山市《ひがしむらやま》で一人暮らしをしていた男性が自宅で殺され、金品が盗まれた強盗殺人事件だった。

被害者の名前は、古賀典康《こがのりやす》とあった。享年は七十五。死因は心臓発作で、寝室の布団の上で息絶えていた。外傷はなかったものの、両手両足に粘着テープで縛られた痕があったことから、拘束されたストレスが心臓発作を引き起こしたものと推定されている。

タンスや机の引き出しなど、家の中には物色した形跡が残っており、足跡から単独犯であることがほぼ確定していた。古賀の遺体発見後、すぐに警察が捜査に乗り出していたが、未だに犯人に繋《つな》がる手掛かりは見つかっていないとのことだった。

資料を読み進めていくと、後ろの方に現場の写真が載っていた。古賀が亡くなっていた和室のカラー写真だ。遺体の写真はないが、ひどくしわの寄った敷布団やぐしゃぐしゃの掛布団には、死の有様を想像させるだけの力があった。

「現場から持ち去られた金庫はどの程度の重さだったのでしょうか」と、資料を片手に藤生が質問する。

「空の状態で、およそ五〇キログラムだね。事件からひと月後に、荒川《あらかわ》の河川敷で発見されている。バールか何かでこじ開けられた形跡があり、中身は空っぽだった」

「それが古賀さんの自宅から持ち出されたものだ、と判断した根拠はなんでしょうか」

「理由はシンプルだよ。金庫の扉に古賀さんの指紋が付いていたんだ」と北上が答える。「残念ながら、それ以外の人間の指紋は検出されていない。犯人は手袋をして作業をしたらしい。現場にも指紋はなかった」

藤生は気後れすることなく、北上と言葉を交わしている。自分も何か質問した方がいいだろうか。そんな小さな焦りを感じつつ、「あの、僕からもいいですか」と松山は切り出した。「足跡から犯人が一人だと判断したそうですが、それは靴跡が一種類だけだったからですか」

「そうだね」

「それだけでは、人数を絞り込めないのでは？」と藤生が横から口を挟む。「同じ靴を履いていたケースも考えられます」

「可能性はゼロじゃないけど、それは考慮しなくていい、っていうのが鑑識の見解だよ。仮に同じモデルの同じサイズの靴でも、履く人間によって靴底のすり減り方は違う。同じ靴でも個人の識別は可能なんだ。だから一人でまず間違いないと思うよ。ちなみに、犯人の靴は大量生産されている、ごくありふれたスニーカーだった。種類は特定できているけど、手掛かりにはならなかったみたいだね」

北上の説明に「なるほど」と藤生が納得の表情で相槌《あいづち》を打つ。自分の質問だったのにな……と松山は心の中でため息をついた。

気を取り直し、「この家はまだ残っていますか」と尋ねる。

「いや、去年の末に取り壊された。土地は不動産会社に売却され、今は更地になっているよ」

「じゃあ、現場で証拠を探すことはできないわけですね……」

「そういうことになるね。でも、犯人追跡の取っ掛かりはある。十二ページを見てくれるかな」北上が資料を指差した。「現場の廊下の柱から、血痕が見つかっているんだ」

言われた箇所を読む。資料によると、柱の下部にささくれがあり、そこに皮膚片とわずかな血痕が付着していたとある。

「DNAの比較から、古賀さんの血液でないことは確定している」

「どうしてこんなところに……」と松山は首をかしげた。

「おそらく、金庫を運び出す際に足をぶつけたんだ。足首の裏側……アキレス腱《けん》の辺りを切ったんじゃないかな。靴下とズボンの隙間の、露出した部分だろう。皮膚や血の量はわずかだから、大きな怪我《けが》じゃない。痛みも気にならなかったんじゃないかと思う。だからこそ、犯人は証拠を残したことに気づかなかったんだ」

「犯人のものと思われるDNAがあるのに、未だに犯人が検挙されていないということは、警察庁のデータベースには合致するものがなかったということですね」

藤生の指摘に、「そういうことだね」と北上が頷く。

「データベースって……」

「警察では、逮捕された被疑者や事件関係者から、本人の同意を得てDNAを採取しているんだよ。その情報を集めたデータベースがあるんだ。登録件数はトータルで百万件以上。犯人特定の強力なツールだよ」

「日本にも、そんな便利なものがあるんですね」

「まだ発展途上だけどね」と締めくくって、北上は松山と藤生を順に見た。「今、僕たちが利用できるのはこのDNAだけだ。ここからどうやって犯人に繋がる情報を引き出すか。それを考え、実行することが求められている役割だ」

「私たちみたいな初心者が、役に立てるでしょうか」

そう尋ねる藤生の表情はややこわばって見えた。

「分析作業は僕や土屋さんが受け持つよ。専門的な機器が必要な場合は、科警研の本部に任せてもいいしね。そこは心配いらない。君たちには、この事件を題材に文献調査のやり方を学んでほしいんだ。最新の研究成果をまとめた論文を読み、可能なことと不可能なことの境界を理解する。その上で、事件解決に向けたアイディアを出す……そこまでやれたら言うことなし、って感じだね。――そうですよね、土屋さん」

北上が呼び掛けると、「ああ、そうだな」と土屋はノートパソコンの画面を見たまま答えた。土屋は今までのやり取りをちゃんと聞いていたのだろうか。ただ適当に相槌を打っただけなのではないか、という気がした。

「ということで、しばらくは文献調査で手一杯になると思う。通常の講義もあるだろうし、基礎実習は休止にしようか」

「いえ、できます」と藤生が即座に言う。「隙間の時間で構わないので、トレーニングを続けさせてください」

「最初からそんなに飛ばさなくてもいいんだよ」

「早く技術を習得したいんです。お願いします」と藤生は譲らない。

「分かった。そこまで言うなら、無理には止めないよ」と北上が折れた。「文献調査の進め方は君たちに任せる。一緒にやってもいいし、個別にやってもいい」

「別々にやりたいと思います」と藤生がすぐさま答える。

いいよね？　と彼女に訊かれ、松山はとっさに頷いた。

「じゃあ、二週間をめどに報告してもらおうか。土屋さん。何か伝えたいことがあればお願いします」

北上が再び呼び掛ける。土屋はようやくノートパソコンから視線を外し、ゆっくりと立ち上がって松山たちを見た。

「そうだな。一つだけ言っておこうか。君たちはライバルじゃなくて仲間だ。競い合ったり議論をするのは構わないが、足を引っ張るような真似《まね》は慎んでほしい。成果を最大化することを念頭に置いて行動してもらいたい」

土屋はそれだけ言うと、「じゃ、俺は講義があるから」と言い残して事務室を出ていった。

ライバルじゃなくて、仲間……。

土屋の言葉を頭の中で繰り返しつつ、松山は藤生の表情を窺った。すると彼女も松山の方を見ていた。自然と、見つめ合う形になる。

一秒に満たない時間のあと、「よろしくね」と藤生が微笑んだ。

「あ、うん、よろしく」と返して、松山は視線を外した。鼓動が少し速くなっている。

彼女の笑顔に慣れていないので、ドキッとしてしまった。

「それじゃ、文献の調べ方を説明するよ。インターネットには、学術雑誌に掲載された論文を検索するサイトがいくつもあって……」

北上がノートパソコンを持ってきて説明を始める。ドキドキしてる場合じゃないだろ、と自分に突っ込みを入れ、松山は北上の話に意識を集中させた。

4

四月二十日、午前八時半。松山はあくびを嚙《か》み殺しながら自宅を出発した。松山は根津《ねづ》神社の近くにある古いアパートに住んでおり、歩いて大学に通っている。だいたい、徒歩で十分ちょっとだ。

今朝は薄曇りでひんやりしている。歩道にはスーツ姿の男女や、自転車を漕《こ》ぐ高校生の姿があった。彼らとすれ違いながら、坂を上っていく。

それにしても眠い。あくびのしすぎで、こぼれそうなくらい目尻に涙が溜《た》まっている。睡眠時間の不足に加えて、頭と目を酷使したせいだ。

昨夜は、午前二時過ぎまでプレゼン用の資料作りに没頭していた。犯罪現場に残されたDNAからいかにして犯人を見つけ出すか——その課題を解決するアイディアをまとめたものだ。

今日、午前九時から全員の前でそれを発表することになっている。資料作りで手一杯で、プレゼンの練習をするところまで手が回らなかった。たぶん、喋りはたどたどしいものになるだろう。

それはまあ仕方ないとして、問題は内容がどう評価されるかだ。

松山は高校時代は生物を選択せず、また大学入学後も生物系の講義を取ることはなかった。理学部に入ってからも同様だ。分子生物学と真正面から向き合うのが初めてだったため、ＤＮＡについて基礎的なところから学ぶ必要があった。最初の一週間はそれで潰れてしまった。

本郷通り沿いの歩道を歩いていくと、大学の正門が見えてくる。高さが五メートルほどもある、石造りの大きな門だ。その立派で気高い佇《たたず》まいには、思わず眠気も引っ込むような威厳があった。

気持ち背筋を伸ばしながら門を抜け、キャンパスの中央に位置する赤レンガの大講堂の方へと進んでいく。理学部一号館は、東啓大のシンボルであるその大講堂の裏手に位置している。

広い通りを、多くの学生が歩いている。その中に、松山は見覚えのある後ろ姿を見つけた。藤生だ。背筋の伸びた、しゃきっとした歩き方は遠くからでもよく目立つ。

歩く速度を上げ、「おはよう」と彼女に声を掛ける。

隣に並ぶと、「うん、おはよう」と藤生が挨拶を返してくる。その横顔は普段通りだ。

寝不足の気配も、疲労の色も感じられない。

「昨日はよく寝られた？」

「そうだね。いつもと同じ時間にベッドに入って、朝までぐっすりだった」と藤生が淡々と答える。

「そっか。さすがだな……」

「松山くんは疲れの色が見えるね。発表の準備は大変だった？」

「まあ、苦労はしたよ。基本的なことが分かってなかったから」と松山は正直に答えた。「でも、必要な努力かなとは思う。この研究室でやっていくなら、ＤＮＡの勉強は欠かせないと思うしさ」

「そう。アイディアはまとまった？」

「見切り発車だけど、一応は。藤生さんは？」

「自分なりにできることはやったつもり」

そう答える藤生の表情には確かな充実感があった。自分の案に手応えを感じているらしい。

比較されてみじめな気持ちになりそうだな……。発表会のあとのことを考えると気が重いが、逃げ出すわけにもいかない。松山はうつむきがちに歩道を進み、藤生と共に理学部一号館に入った。

エレベーターで七階に上がり、事務室に向かう。部屋の明かりはついていたが、室内には誰もいなかった。

「あれ、消し忘れかな」

「違うよ。ほら」と藤生が北上の席を指す。机の上には彼のカバンが置いてあった。

「先に来て、準備をしてるんだと思う」

「そっか。じゃ、手伝わないと」

荷物を置き、ワンフロア下の会議室に移動する。十帖ほどの広さで、中央に大きなテーブルが置かれている部屋だ。スクリーンが常設されており、資料を映しながら話す時にはその部屋を利用することが多いそうだ。

藤生の言う通り、会議室には北上の姿があった。テーブルの周囲に散らばっていた椅子を並べ直している。

「おはよう」と彼がにこやかに挨拶をする。「二人とも、準備は万端かな」

「ベストを尽くしましたけど、先生方に納得していただけるかどうかは……」と藤生が言う。さっきと違って表情は神妙だ。

「大丈夫、大丈夫。僕も土屋さんも、発表内容について厳しく突っ込むような真似はしないから。発表を聞けば、努力したかどうかは分かるからね。僕たちが見たいのはそこだよ。だから、ある意味では結果はもう出てる。リラックスして発表を楽しんでもらいたいな」

「ありがとうございます。準備、手伝うことはありますか」

「いや、もう終わるよ。資料は研究室の共有フォルダにアップロードしてくれたかな」

「私は大丈夫です」

「松山くんは？」

「あ、すみません、まだです。家でやってたので。すぐに入れてきます」

会議室を出て、急いで事務室に戻る。データはUSBメモリに入れてある。自分のノートパソコンを起動させ、ネットワーク上の研究室の共有フォルダを開く。すでに、今日の日付の会議用フォルダが作られていた。

フォルダを開いてみると、藤生のプレゼン資料が保存されていた。その他にもう一つ、北上の名前の資料もある。彼も何か発表するらしい。

先に中身を確認したい気持ちをこらえ、松山は自分の資料をフォルダにアップロードして事務室を出た。

小走りに会議室に戻ると、北上と藤生は席についていた。出入口に近い席には土屋の姿もあった。松山と入れ替わりに会議室にやってきたようだ。

「よし、揃ったな。じゃ、さっそく始めてもらおうか」

土屋の号令で、北上がプロジェクターのスイッチを入れた。

「発表は別々だよね。どっちからやる？」

「あ、僕が先でもいいですか」と松山は手を上げた。一番手を務めることは、数日前から考えていた。基礎知識の差から、藤生の発表の方が松山より一枚も二枚も上手であることは分かりきっている。あとから発表すれば、余計にレベルの低さが際立ってしまう。それを防ぐための作戦だった。

「私はそれで構いません」と藤生が余裕の表情で頷く。

「分かった。じゃ、ここにどうぞ」

北上が席を立ち、部屋の明かりを消す。松山は唾を飲み込み、プロジェクターに接続された共用パソコンの前に座った。

「……それでは、発表を始めさせていただきます」

深呼吸を挟んでから、松山はマウスに手を置いた。

「皆さんご存じだとは思いますが、一応、基礎的な部分から説明させてください。DNAはアデニン、チミン、グアニン、シトシンの四種類の塩基が連なったものです。この長いDNAの配列の中には、特定の塩基の並びをユニットとした繰り返し構造が存在します。たとえば、TCAT、みたいな並びが何十回も出てくる箇所があります。この繰り返しをショートタンデムリピート——STRと呼びます。STRの回数は人によって異なり、親から遺伝によって回数を受け継ぎます。この回数を、複数の箇所で比較することによって、血縁関係の有無を推定することが可能になります。これ以外にも、男性のみが持つY染色体のＤＮＡのＳＴＲを調べたり、母系遺伝するミトコンドリア遺伝子を比較したりすることで、親子のみならず、祖父母と孫、いとこ同士、おじおばと甥姪《おいめい》など、一定範囲での血縁関係が推定可能です」

「あ、ちょっといいかな」とそこで北上が手を上げた。「分かっているとは思うけど、血縁関係によっては証明ができない場合もあるよね」

「そうですね。家系図で遠ざかれば遠ざかるほど、共通して受け継いでいるＤＮＡは少なくなりますから、鑑定に用いることのできるＳＴＲの種類も減ります。理論上、判定できない組み合わせも存在します。例えば、父方の叔父と姪なんかがそうですね。ただ、その場合でも周辺の血縁者のＤＮＡ鑑定と組み合わせることで判定が可能になる場合もあるようです」と松山は補足説明した。

「うん、理解しているのならいいんだ。続けてもらえるかな」

「はい。僕が着目したのは、この血縁関係の証明に関する論文です。去年の秋にアメリカで発表されたもので、登録済みのデータベースを活用し、血縁関係のネットワークを作成するんです。事件が起き、データベースにない未知のＤＮＡが発見された場合、そのネットワークと照らし合わせることで、どの人物と血縁関係にあるかを明らかにし、そこから容疑者に迫るという手法です」

自分が調べたことをひと息に説明し、松山は三人の反応を窺った。

「データベースに存在するDNAの情報は膨大になる」と土屋が無精ひげを触りながら言う。「ネットワークを構築するには、長い時間と非現実的な労力が必要になるんじゃないのか？」

「新たに人間が手を動かして実験をする必要はありません。ディープラーニングという方法で、自動的にやれるそうです。プログラムを組んで、血縁関係を九割以上の確率で推定できるまでコンピューターに学習させるとか、そういうことが書かれていました。……すみません、中途半端な説明で」と松山は頭を下げた。論文で主張されている理屈を理解するのに時間が掛かったせいで、研究の背景にある技術について調べる余裕はなかった。

「まあ、細かいところは今はいいか。で、論文中で実証実験は行われているのか」

「はい。千人ほどのDNA情報をもとに作ったネットワークを用いて、血縁関係をどの程度正しく予想できるのか検証されていました。登録者との血の繋がりの濃さによって正答率は異なりますが、いところでも八〇パーセントで正しく予想できていました」

「ふーん、なるほど」

土屋は手にしたボールペンでこめかみをつつき、「面白いな」と呟いた。

「なかなか興味深いね」と北上も同調する。「その論文はチェックしてなかったな。

どこの雑誌に載ってたの？」

学術雑誌の名前を挙げると、「知らないなあ」と北上は苦笑した。「そんなにマニアックな論文、よく見つけられたね」

「どうも」と松山は頭を掻いた。「検索サイトで入力した検索キーワードが、たまたま論文の内容とよく合致していたみたいです」

二人の反応は悪くない。そのことにホッとしつつ、藤生の方に目を向けた。彼女は組んだ手の上に顎を乗せ、スクリーンを凝視していた。彼女の表情は真剣そのもので、スクリーンが反射する光の中に浮かぶその姿に松山は芸術的な美を感じた。

「藤生さんはどう？　何か質問はあるかな」

北上が声を掛けると、彼女は「今は特には」と首を振った。「あとで論文を読んでみます」

「そっか。じゃあ、松山くんの発表はこれで終わりかな。交代しよう」

役目を終えると、急に力が抜けた。これほどの安堵感を覚えたのは、大学の合格通知を受け取った時以来かもしれない。

家に帰ってひと眠りしたいところだったが、今はまだ朝だ。気合を入れ直し、藤生の発表に集中する。

「それでは、発表を始めます」

藤生の声は落ち着いている。元々聞き取りやすい声ではあるが、かしこまるとさらに聞きやすさが増していた。

「私が着目したのは、DNA上に存在する、個人の外見と強く関連した遺伝子です。たとえば毛髪の色や量、質感。瞳や唇の色。顔の各パーツの形状。紫外線への耐性は、そばかすやシミ、ほくろの数に繋がります。それらの要素を綿密に解析することで、DNAの情報から容疑者の顔を作り出すことができる――そういう理論です。私が読んだのは、そういった研究を集めた総説で、今年の一月に公開されたものでした」

藤生はそう語り、外見の特徴に強い影響を与える遺伝子について、一つずつ詳細な説明を始めた。

Mc1rとかEYCL3とか、初めて耳にする言葉が次々に飛び出してくる。それ以外にも知らない単語が山盛りで、藤生の話す内容がちっとも頭に入ってこない。松山は途中から理解することを放棄した。あとで論文をじっくり読むしかないだろう。

説明が一段落したところで、「ちょっといいか」と土屋が手を挙げた。「著者は警察関連組織の人間か？」

「いいえ。遺伝子診断サービスを行うイギリスのベンチャー企業の研究者です」

「自分たちの会社の宣伝も兼ねている、ってわけか。実証実験は？」

「別の論文が出ています。こちらをご覧ください」

藤生が資料を切り替える。スクリーンに映し出されたのは、CGで描かれた顔と、実際の写真を対比した図だった。どちらも白人男性で、両者はよく似ていた。

「右側のCGは、左側の男性のDNAを解析して作成したものです。ひと目で似ていると分かると思います。コンピューターで顔の特徴の一致度を検証した結果、類似度は九五パーセントという数値が出ました。これは一卵性双生児に近いレベルです」

「うーん。どうもできすぎてる感があるな」と土屋が右手でボールペンを弄びながら言う。「論文に載っていたのはその一例だけか」

「……そうです」

「だとしたら、サンプル数が足りないな。最低でも百、できれば千くらいはやらないと何も言えない」

「著者も、論文中でそのことには触れていました。今後サンプル数を増やしてさらに検証を進めるとのことでした」

「藤生さん。それってね、常套句《じょうとうく》なんだよ」と北上が会話に加わった。「論文の最後は『これからもっと研究を続けて、さらにいい結果を出します』的な、ポジティブな表現で締めくくることが多いんだ。もし自分たちの研究の弱みや足りない要素を把握しているのなら、それを検証してから論文を投稿するべきだよね。そうしなかったのは、克服に向けたハードルを越えるのが難しいと判断したからだと思う」

北上の指摘に藤生は黙り込んだ。反論する材料を持っていないのだろう。

会議室に静けさが訪れる。プロジェクターのファンが回転する音が耳につく。

その音を打ち消すように、「でも、実用性は高いと思いましたよ」と松山は口を開いた。「技術が完成すれば、捜査に大きく貢献できるんじゃないでしょうか」

「まあ、顔の復元精度はともかくとして、手法自体の信頼度はありそうだ。確か、海外ではすでにその手法が捜査に使われているはずだ。研究が進めば、より一般的なものになるだろう」

土屋のそのコメントで、藤生の発表は終わりを迎えた。

「続けて僕の方からも報告があります」北上が藤生に代わってパソコンの前に座る。

「実は、藤生さんがいま発表してくれた総説には、僕も目を通していました」

すっ、と藤生が息を吸い込む音が聞こえた。彼女は眉間にしわを浮かべてスクリーンを見ている。北上の言葉は予想外だったのかもしれない。

「その論文を含めていろいろな文献に目を通し、DNAから個人の特徴を予測する手法をピックアップしました。その中で使えそうなものを、例の強盗殺人事件のDNAサンプルに適用してみました」

「え、いつの間に」と松山は思わず口走っていた。完全に初耳だった。

「二週間あれば、このくらいはできるよ」と北上が微笑む。「博士号を取るためには、二年の研修期間の間に最低でも三本は論文を出さなきゃいけないんだ。思いついたアイディアの見極めは早くやらないとね」

「なるほど……」

「で、結果は」と土屋が先を促す。

「確度の高い予想としては、現場の血痕の主は、髪の毛が赤く、瞳の色素が薄いという結果が出ました。また、Y染色体の中に、コーカソイド人種の中でも特にバスク人やケルト系民族で多く見られる、R1b系統の変異が含まれていました。全体的な遺伝子のパターンから犯人の先祖のほとんどは日本人だと思われますが、祖父のどちらかが外国人である可能性が高いです」

「なるほど。髪の色は染めたら分からなくなるが、瞳の色は目立つ特徴になるな。血縁の推定情報も捜査に役立つだろう」

「では、僕の方から捜査担当者に伝えておきます」

北上はそう言って、DNAの解析結果についての詳細な説明を始めた。

松山には分からない話が多かったが、藤生は時折メモを取りながら熱心に北上の話を聞いていた。

短い質疑応答を終え、ミーティングはお開きとなった。北上は引き続きDNAからの特徴探索を続け、松山と藤生は基礎トレーニングに戻ることになった。

会議室を出て、松山は大きく伸びをした。頭の芯にはまだ興奮の余韻がある。何かを成し遂げたわけではないが、自分が一回り大きくなったような気分だった。

藤生が遅れて廊下に出てきた。「お疲れ」と松山は彼女に声を掛けた。「たくさん文献に目を通したみたいだね」

「どうかな。自分では、必要最低限だと思ってるけど」

「外見を決定する遺伝子について、何種類も説明してたじゃないか。一つ一つちゃんと調べてないと、あんな風に流暢《りゆうちょう》には話せないと思うよ」

「でも、それはただの知識だから……」と藤生が小さくため息をつく。

「どうしたの？　なんか暗いね。個人的にはいい発表だと思ったけど。北上さんが実際に使った解析法と同じ方向性だったわけだし、別に落ち込むようなことはないんじゃないの」

「土屋先生も北上さんも、松山くんの紹介した研究に興味を持ってた」と藤生がうつむきがちに言う。

「それは、マイナーな雑誌に載ってたからじゃないかな」

「先生たちは、そういうものを望んでいたのかも。将来性のある研究っていうか、夢のある研究っていうか」

「藤生さんの紹介した論文だって、充分に夢があると思うよ。ＤＮＡから顔を予想するなんてすごいって」

松山がそう言うと、藤生は怪訝そうに眉根を寄せた。

「どうして私を立てようとするの？　無理に褒めなくていいよ」

「え、そんな、俺は別に……」

「……ごめん、きつい言い方だったかも。やらなきゃいけない実験があるから、もう行くね」

藤生は視線を逸《そ》らすと、松山をその場に残して立ち去ってしまった。

どうやら藤生は「松山に負けた」と感じたようだ。それでイラついているのだろう。

気持ちはまあ、分からないではない。藤生は将来、科捜研で働きたいと言っていた。科学捜査についての知識には自信があるはずだ。それなのに、最初の課題で素人である松山に一本取られた。要はそれが気に食わないのだ。たとえまぐれ当たりだとしても、同級生に負けることはプライドが許さないのだろう。

松山としては、藤生を傷つけたくはない。ただ、課題に本気で取り組めば、こんな風にまぐれでヒットを打つこともある。

だからといって手は抜きたくないし、そもそも科学捜査に関する知識に乏しすぎて、どう手加減すればいいのか分からない。

「……対応が難しいな」

松山は苦笑し、頭を掻きながら歩き出した。

5

その週の金曜日。松山がいつもと同じ午前九時に登校すると、事務室に藤生の姿があった。彼女は自分の席で、頑丈そうな厚紙の表紙のファイルを開いていた。綴《と》じられている紙は、軽く二百枚はあるだろう。

「おはよう。それ、何の資料？」

好奇心から尋ねると、藤生はちらりと松山を見て、「事件の詳細な資料」と簡潔に答えた。

「事件って、強盗殺人の？」

「そう。私たち、北上さんの作ったまとめにしか目を通してないでしょ。だから北上さんにお願いして、正式な資料を借りてきてもらったの」

藤生の返答に、松山は首をかしげた。

「えっと、何のためにそんなことを？」

「なに、その質問」と藤生が棘《とげ》のある視線を向けてくる。「捜査のサポートをするって、最初に決めたじゃない」

「いやまあ、それはそうだけど。僕たちに与えられた課題は、『DNA情報から犯人を特定する方法の提案』だったじゃないか」

「それはトレーニングの一環でしょ。事件が解決したわけじゃない」と藤生が強い口調で反論する。「まだできることがあるかもしれないと思ったから、こうして資料を読んでるの」

「そっか、なんていうか、偉いな」

実は松山はまだ、捜査協力のための実験に参加するかどうか結論を出していない。今回はあくまで「お試し」にすぎないと認識していた。

やってみたい気持ちはあるが、基礎的な分析技術の習得で手一杯で、未知の分野に飛び込んでいくだけの精神的な余裕が持てないのだ。

「偉いかな。別に普通だと思うけど」と藤生はクールに言い、資料を再び読み始めた。

「……何か、気になる情報はあった？」

「この前の資料には、古賀さんが狙われた理由についての記述がなかったでしょ。それが少し気になっていたの。そんなに大きな家に住んでいたわけでもないし。でも、こっちの資料にはちゃんとその辺の考察も載っていたよ。古賀さんは定年まで銀行に勤めていたんだけど、昔から節約家で有名だったらしいの。ずっと独身で、無駄なお金を使わずに生活していたんだって。住んでいた家も両親から相続したもので、一切リフォームすることなく、昔のままの状態で暮らしていたって」

「へえ、そうなんだ。その噂《うわさ》を聞きつけて、犯人は古賀さんを狙ったのかな」

「たぶんね。古賀さんは、地域の集まりで札束を見せびらかしていたらしいから。噂はかなり広範囲に広がっていたんだと思う」

「銀行に勤めていたのに、タンス貯金してたのかな……」

「ありうると思う。亡くなった時、古賀さんの口座には七千万円入っていたの。でも、犯人がそれを引き出そうとした形跡はなかった。『キャッシュカードの暗証番号を聞き出すのに失敗した』っていうのが常識的な推理だけど、家にそれ以上のお金があって、それで満足したのかも」

藤生の話を聞き、松山は複雑な気分になった。

亡くなった人物を悪く言うのは気が引けるが、「お金があります」と対外的にアピールするのは危険極まりない行為だろう。しかも、古賀は築何十年の古い一軒家に住んでいた。防犯のしっかりした高層マンションならともかく、簡単に窓や戸の鍵を壊せるところに金持ちが住んでいれば、強盗のターゲットにされて当然と言える。言い方は悪いが、自業自得というやつじゃないか、という気がした。

「『古賀さんがお金持ちだと知っていた人間』という条件で犯人を絞り込むことはできないのかな」

「そういう観点で捜査を進めてたみたいだけど、成果は上がってないね。噂はどこまでも拡散していくから、絞り込みに使うにはあやふやすぎるんだと思う。やっぱり鍵になるのは物証だよ」

藤生がそう言い切った時、事務室に北上が入ってきた。なぜか軍手を嵌《は》めている。

「松山くんも来てたか。ちょうどいいや。準備ができたから、見に来なよ」

「はい」と藤生が資料を閉じて席を立つ。

「何のことでしょうか？」

「古賀さんの自宅から持ち出され、河川敷で見つかった金庫を借りてきたよ。六階の備品倉庫に置かせてもらってる」

「金庫？」と松山は呟いた。そんなものがやってくるなんて話は初耳だった。

「私が北上さんにお願いしたんだ」と藤生。「DNA以外に何か見つかるかもしれないと思って」

「でも……」

松山が口を開こうとしたところで、「分かってるよ」と藤生が先回りして言った。

「本職の鑑識の人が徹底的に調べたあとなのに、今さら調べても何も出ないに決まってる、って言いたいんだよね」

「う、うん、まあ……」と松山は頷いた。表現はともかく、感じたことは藤生の言った内容と同じだった。

「それでも全力を尽くしたい――それが藤生さんの考え方なんだよ」と北上がにこやかに言う。「やる気を見せられたら、やっぱり希望を叶《かな》えたいと思っちゃうよね」

「すみません、大変なことをお願いしてしまって」

「大丈夫。何といっても、僕たちのボスは『科警研のホームズ』だからね。知名度と信頼度がある。科警研を通じて依頼をすれば、大抵のことはなんとかなるよ」

行こうか、と北上が部屋を出ていく。藤生と共に、彼のあとについて六階に向かう。

備品倉庫は階段のすぐそばにある。十帖ほどの広さで、三方の壁に固定された棚には、試験管やサンプル瓶、フラスコなどの実験器具に加え、洗剤やティッシュペーパー、ビニール紐《ひも》などの日用品も保管されている。

部屋の中央に青いビニールシートが敷かれ、その上に台車に載った金庫が置かれていた。資料の写真で見た時よりも小さく感じる。金庫は押し入れの奥に隠されていたという。このサイズなら余裕で入れられるだろう。

外側は灰色で、ところどころに錆《さび》が浮いていた。余計な装飾のない、シンプルの極致のようなデザインだ。厚みのある扉は半開き状態で、縁の方に傷と歪《ゆが》みがあった。バールでこじ開けた痕跡だろう。

「これですか。長く河川敷に放置されていた割にはきれいですね」と松山は感じたことをコメントした。

「扉の部分以外はそこまで傷がないからね。コーティングが剝《は》がれなければ、屋外でもそんなには錆《さ》びないんだろうね」

「金庫は河川敷のどのあたりにあったんでしょうか」と藤生が尋ねる。「どのようにそこまで運んだのか、という意味の質問なんですが」

「堤防のすぐ下の茂みだよ。堤防の上面は舗装されているから、そこまでは車で運んできて、斜面の方に転げ落としたんだと思うよ」

北上はそう説明して、ポケットから二組の白手袋を取り出した。

刑事ドラマで見たことがあるやつだ、と感動しつつ、それを手に嵌める。

「見せてもらってもいいですか」

白手袋をした藤生が、素早く金庫の前にしゃがみ込む。

「もちろん。これも使って」

北上が差し出したペンライトを受け取り、藤生が金庫を調べ始めた。見ているだけだと手持ち無沙汰なので、松山は外側の状態をチェックすることにした。

細かな傷はあるものの、土や草は付着していない。回収後に拭われたのだろう。上面と左右、裏側をざっと見てみたが、これと言って気になるところはなかった。

「北上さん。これはなんでしょうか」

藤生が金庫の扉の裏側を指している。正面に回り込んでみると、右隅に青緑色の汚れが付いているのが見えた。量はごくわずかだ。

「ああ、それ？　絵の具だよ。文具店で普通に買える、水性のものだね。警察から借りた資料に、分析データがあったと思うよ」

「どうして絵の具がこんなところに？　犯人が付けたものでしょうか」

「古賀さん本人だと思うよ。別の部屋から、成分の一致する絵の具セットが見つかってる。使い込まれた筆もあった。彼の趣味は絵を描くことだったんだ」

「……つまり、絵を描いたあと、指先に汚れが付いた状態で金庫の扉を開けたということですか。それって、少し違和感があるんですが」

金庫の扉の裏側を凝視しながら藤生が疑問を口にする。

「確かに」と松山も同意した。金庫には大切なものを仕舞っていたはずで、わざわざそれを汚す可能性があるタイミングで金庫を開けたりするだろうか。

「手の汚れに気づいていなかったのかも」と北上。「付着している絵の具はわずかだ。爪の間に潜り込んでいたものが、扉を開ける際に移ったんじゃないかな」

「それなら、まあ……」

藤生は引き下がったものの、表情は曇っていた。違和感が残ったままなのだろう。

彼女と交代し、金庫の中を調べる。ペンライトの光を当てながら隅々まで確認したが、気になる箇所は特になかった。傷もなければ汚れもない。きれいなものだ。犯人は掃除をしてから金庫を廃棄したようだ。

「確認はこれでOKかな。まだ何日かはここに置いておくから、気になったら調べてもらって構わないよ」

「古賀さんは、どんな絵を描いていたんですか？」

松山が何気なく尋ねると、「え？」と北上が怪訝そうな反応を見せた。

「あ、別に深い意味があるわけじゃないんですけど」

「……そういえば、資料には記載がなかったな。遺品に入っていただろうから、ご家族に確認してみるよ」

北上はそこで藤生の方に顔を向けた。

「絵の具のことだけど、藤生さんに指摘されて僕も少し気になってきたよ。実はね、科警研の分室時代に関わった案件で、絵の具が重要な役割を果たしたことがあったんだ。だから、僕の方でもデータを取ってみようと思う」

北上はそう言って、蛍光X線分析法による元素構成の測定と、走査型電子顕微鏡によるサンプル表面の形状観察を挙げた。

「せっかくだから、作業を見においでよ。装置の原理や使い方を説明するよ」

「ありがとうございます。ぜひ見学させてください」

「松山くんも来るかい」

「あ、はい。せっかくなので。ちなみに、土屋先生もこの金庫を確認されたんですか」

「いや、今朝運び込んだばかりだから。絵の具の件も含めて、あとで伝えておくよ」

「土屋先生はこの事件にあまり興味がないように見受けられますが。そもそも事務室にも全然いらっしゃいませんし」と藤生が言う。事務的な口調に、逆に彼女の苛立《いらだ》ちが籠っているように感じられた。

「土屋さんは不器用なんだ。いろいろあって科学警察研究講座の責任者になったわけだけど、思考の大半はまだ環境科学の研究の方に注がれているんだと思う。そこの切り替えに時間が掛かっているんだよ。一つのことに没頭すると、なかなか他に目が向かないんだね。集中力がありすぎるゆえの弊害だよ。前からずっとそうだから、投げやりな態度に見えるだろうけど、慣れてほしい」

「……分かりました」と硬い表情で藤生が頷く。

「大丈夫だよ。僕の方で、できる限り二人をサポートするから」

懸命に藤生をなだめる北上に、松山は同情の念を覚えた。彼は土屋をフォローし、学生からの評価が下がらないように頑張っている。そこまでするほど、土屋のことを尊敬しているのだろう。

逆に言えば、それだけのカリスマ性がある、ということだ。

自分もそれを目にする機会はあるだろうか。蛍光X線分析法の原理を語る北上を眺めつつ、松山はその瞬間が訪れることを強く願った。

6

週明けの月曜日。午前中の講義を終え、松山は藤生と共に事務室に戻った。部屋には北上の姿があった。彼は松山たちに駆け寄り、「捜査に進展があったよ」と興奮した様子で言った。

赤毛で瞳の色が薄く、外国人の血を引いている——北上が実施したDNAの分析結果をもとに近隣で聞き込みを行ったところ、特徴に合致する男が事件当時、古賀の自宅から一キロメートルほどのところに住んでいたことが分かった。

男の名前は平沼勝也。横浜《よこはま》の出身で、市内の高校を卒業後、東京でフリーターとして働いていた。ちなみに平沼の父方の祖父はバスク地方出身のスペイン人で、子供の頃から髪は赤みがかっていたそうだ。

平沼は事件発生時に住んでいたアパートをすでに引き払っていた。ところが住民票を動かしておらず、郵便の転送手続きも行っていないため、現在の居住地が不明になっているのだという。しかも転居は突然で、当時の知り合いはおろか、家族にも何も伝えずに姿を消していた。掛け持ちしていた複数のアルバイトも、「家庭の事情で引っ越します」の電話だけで一方的に辞めていたらしい。

明らかに怪しい行動を取っているということで、平沼の家族からDNAの提供を受け、古賀の自宅で見つかったDNAとの比較を行った。その結果、両者には明確な血縁関係が認められた。平沼の家族には事件当時のアリバイがあったことから、強盗犯が平沼であることがほぼ確定した。

「ということで、捜査本部では平沼の行方を追うと同時に、交友関係を徹底的に洗っている。誰かが匿っている可能性もあるからね。たぶん、近いうちに逮捕できるんじゃないかと思う」と北上は説明を締めくくった。

「さすがですね。でも、どうして事件直後の捜査では平沼にたどり着けなかったのでしょうか」

藤生のずばりと切り込む質問に、北上は「逆に考えてほしいな」と返した。

「情報がいくつか加わるだけで、これだけ早期に犯人を見つけ出せるんだ。捜査に当たっている刑事は優秀だと僕は思ってる。その力を一〇〇パーセント発揮できる状況を作るのが、科学捜査の役割なんじゃないかな」

用意してきたような見事な回答に、松山は心の中で拍手を送った。

「私たちも、少しは役に立てたでしょうか」

「うーん、捜査協力のための作業を二人には割り振らなかったからね。貢献する場面がそもそもなかったんじゃないかな。でも、別にそれは気にしなくていいよ。経験を積んでいけば、力を発揮できる場面も出てくると思う」

北上の言葉に、藤生は「頑張ります」と神妙に頷いた。

「じゃあ、今回の事件は一段落かな。お疲れさまでした」

次に扱う事件について検討するために、北上は午後から警視庁の方に足を運ぶという。事務室を出ていく彼を見送り、松山は大きく息を吐き出した。

「思ってたより、早く解決しそうだね」

「そうだね。ほとんど北上さんが一人で片付けた感じだけど……」

「土屋先生も仕事はしたんじゃないかな」

「どうかな」

藤生は肩をすくめ、「実験しなきゃ」と一人で部屋を出ていった。

それからさらに四日が経った金曜日。

事務室で松山が分析科学の教科書を読んでいると、「そろそろ出ない？」と藤生が声を掛けてきた。壁の時計に目をやると、正午まであと五分になっていた。

「ああ、もうこんな時間か。行こうか」

藤生と二人で事務室をあとにする。研究室に配属されてからは、松山はなるべく藤生や北上と一緒に食事をとるようにしていた。リラックスした状況でのコミュニケーションのためだ。

今日は北上は不在だ。連休を利用し、しばらく北海道に帰省すると聞いている。友人の結婚式があるらしい。

「藤生さんは連休はどうするの？」

廊下を歩きながら尋ねる。

「カレンダー通りに大学に来るよ。だから、三、四、五、六の四連休かな」

「実家に帰る？」

「……ううん。たぶん家にいると思う」と藤生は足元に視線を落とした。声に力がない。あまりプライベートを詮索されたくないらしい。ちなみに彼女は東京の生まれだが、小学四年生の時に長野に引っ越し、高校卒業までそこで暮らしていたそうだ。

少し気まずい空気が流れる。松山は「俺はどうしようかな～」と節を付けて歌うように言った。「遠いんだよなあ～」

松山は山口県の宇部《うべ》市出身だ。新幹線で帰省するとなると五時間は掛かる。飛行機を使えば四時間ちょっとだが、正規のチケットを取るとかなり高くつく。

「飛行機、もっと早く取っておけばよかったなあ。完全に出遅れたよ」と松山は苦笑した。「休みのこと、全然考えてなかった」

「ここのところ、ずっと忙しかったからね」

「まあ、正月に帰ってるから、親も『帰ってこい』とは言わないと思う。自分の部屋でダラダラ過ごすよ」

そんなやり取りをしつつ、建物を出る。食堂は大講堂の一階にあり、その出入口は理学部一号館の目と鼻の先だ。小雨が降っていたが、構わず食堂に飛び込んだ。

連休の狭間《はざま》の平日にもかかわらず、食堂内にはそれなりに人がいた。普段の七割くらいだろうか。食堂には三百人分の席があるが、昼のピーク時にはほぼ満席になる。

東啓大学の学生・職員の合計は二万人近い。キャンパス内には五箇所の食堂があり、さらにはコンビニエンスストアや生協もあるのだが、昼時はどこも込み合う。混雑を嫌い、学外に食事に行く人間も多い。

入ってすぐのところにある立て看板で今日のメニューを確認し、藤生と共にA定食の列に並んだ。

多少混雑はしているが、食事の提供速度はめっぽう速い。二分もしないうちに列の先頭に来ていた。A定食のメインのおかずはコロッケと肉団子。それにほうれん草のおひたしと豆腐の味噌《みそ》汁、ご飯が付く。

配膳されたトレイを受け取り、空席を探して食堂内を見回す。

「えーっと……。あれ？」

「どうしたの？」と藤生が隣で不思議そうに呟く。

「あそこ、土屋先生がいる」

食堂の右手の奥。長いテーブルの端で、土屋が食事をしている。周りに環科研のメンバーの姿は見当たらない。土屋一人だけだ。

土屋の正面に座っていた二人組が立ち上がり、ちょうど空席ができた。普段の昼食に土屋が同席することはない。彼と話せる機会は貴重だ。松山は急いで空席の確保に向かった。

土屋は松山たちが近づいても無反応だ。まったく気づいていない。手元のカレーの皿を凝視しながらスプーンを動かしている。

「ここ、いいですか」

松山が声を掛けると、土屋はようやく顔を上げた。

「ん、君らか」

「珍しいですね、この時間にいらっしゃるのは」

確かに藤生の言う通りだ。研究室に入って以降、ほぼ毎日正午過ぎに食堂に来ているが、土屋を見掛けたのはこれが初めてだった。

「いつもは混雑を避けて一時過ぎに食べに来てるんだが、時間を勘違いしたんだ。なぜか、十一時五十五分が一時に見えたんだよな」

針の相対関係は合っているが、角度はずれている。普通、まず間違えることはないだろう。よほどぼんやりしていたらしい。

「お疲れなのではありませんか」と藤生が言う。その声音の冷たさで、一種の社交辞令なのだなと松山は察した。本気で土屋の体調を気遣っているわけではないようだ。

「うーん。疲れもあるが、老眼が始まっている気はするな。この間、パソコンのモニターの配線を確認しようとしたら、端子の種類を示す表示が読めなかったんだ。薄暗いところでの視認力が落ちているんだ」と土屋が目尻を指でこする。

「環科研のお仕事が忙しいみたいですね」

これは嫌みだろうな、と松山は思った。学生への指導を北上に任せていることに対し、藤生は不満を持っているらしい。

「もうすぐ大きな国際学会があって、その準備に追われているんだよ。口頭発表の座長を任されてしまってな。会場から質問が出ない時は、座長が何か訊いてやらなきゃいけない。そのために、登壇者の研究を知っておく必要があるんだよな。勉強にはなるが、その分やることが増える」

そう答える土屋の表情は普通だった。藤生の皮肉に気づかなかったようだ。

「今回、協力を依頼された事件については、どの程度把握されているのでしょうか」

「北上から報告があったな。ＤＮＡデータから犯人の一人を割り出したんだろう。充分な成果だと思う」

「そちらについて、土屋先生はどういったお仕事を？」

「俺か？　俺は特に手を動かしていないが」土屋はあっさりとそう答える。「北上は、科警研の分室に来ていた他の研修生と今でも連絡を取り合っているらしい。困ったことがあればそっちを頼るようにしているんだろう」

すがすがしいまでの放任主義に、松山は思わず笑いそうになった。「そういう人だから慣れてくれ」と北上は言っていた。やり方を変えさせるのは無理だと彼も思っているのだろう。

「まだ犯人逮捕には至っていません」と藤生が真顔で言う。「苦戦しているようです」

捜査の進捗については、二日前に北上から聞いていた。十人ほどの捜査員が動いているのに、未だに平沼の行方を摑《つか》みきれていないらしい。

その消息についてはある程度は追えている。平沼は事件後、山陰地方で生活していたらしい。ただ、一箇所に定住することはなく、ネットカフェを中心に寝泊まりをしながら、各地を転々としているようだ。最後に目撃されたのはひと月前で、場所は名《な》古《ご》屋《や》だった。以降の足取りは不明だ。

「追われていることを自覚してるんだろうな、相手は」と他人事《ひとごと》のように土屋が言う。

「とはいえ時間の問題だと思うけどな」

「私たちに何かできることはないでしょうか」

「どうかな。それを考えてみるのも、いい思考トレーニングになるんじゃないか」

土屋はそう答えると、再びスプーンを動かしだした。

すっかり呆《あき》れたのか、藤生は黙って食事を始めている。空気が重い。このままだと、食事が終わるまで全員で黙り込むことになりかねない。

何か話題を提供しないと、と思ったところで、松山は頭の片隅に引っ掛かっていた小さな疑問を思い出した。

「あの、土屋先生。絵のことはどう思いましたか」

「絵？　何の話だ？」

「北上さんの報告にありませんでしたか？　被害者の方は水彩画が趣味だったみたいなんですが、遺品の中には描いた絵が一枚もなかったんです」

「……初耳だな、それは」と土屋がスプーンを下ろした。「被害者の描いた絵を見た人間はいるのか？」

「親族の人は、見たことがないと話していますね。あと、被害者は一人でいることが好きだったみたいで、友人と呼べるような人はそもそもいなかったようです」

「そうか。……金庫の扉に絵の具がついていたんだったな。家具はどうだ？」

「その情報はこちらにはありませんが、家はもう取り壊されていますし、家具も処分されたと思われます」

「現場の鑑識作業で、家具の写真も撮影したはずだ。それを解析して色の成分をいくつか特定できれば、犯人追跡の手掛かりになるかもしれない」

「……それは、どういうことでしょうか」

黙って話を聞いていた藤生が説明を求める。

「犯人が絵を盗んで、それを売りさばいた可能性があると思った。素人の絵でも、ネットトオークションでそれなりの値が付くことはある」

「絵の具の色合いから、絵を特定するということですか……」

「それに近いことを、以前にやったことがあるんだ。俺じゃなくて、分室時代の研修生の仕事だけどな」

「なるほど……。でも、オークションをやったりしたら、身元がバレるリスクはありますよね」と松山は疑問を口にした。「強盗によって大金を得ているのに、そんな小銭稼ぎをするでしょうか」

「大金を得たとは限らないだろう」

「被害者の方は、地域の寄り合いで札束を見せびらかしていたんです」と藤生。「銀行預金とは別に、自宅にかなりのお金を置いていた証拠ではないでしょうか」

「札束を？　ふむ……」

土屋はふいに席を立つと、近くの柱の周りを歩き回り始めた。

周囲の人々が食事の手を止め、土屋に怪訝な視線を向けている。しかし、土屋は一切気にすることなく、スプーンを揺らしながら歩き続けている。

「なに、あれ……」

「考え事をしてるんじゃないかな。小声で何かぶつぶつ言ってるよ」

土屋の行動の真意はともかく、邪魔をすべきではないということは分かった。声を掛けられないくらい、土屋は真剣な顔つきをしている。それは初めて見る表情だった。

柱を十周ほど回ったところで立ち止まり、土屋はスマートフォンを取り出した。

すぐさまどこかに電話を掛ける。興味を引かれ、松山は席を立って土屋に近づいた。

「――ああ、悪いな、休暇中に。今、大丈夫か」

どうやら北上と会話しているらしい。

「例の強殺、遺品の中に紙はなかったか？　いや、コピー用紙じゃない。みつまたやマニラ麻を含む、和紙に近い手触りのものだ。……そうか、分かった。こちらで確認してみる」

さっさと会話を切り上げ、土屋が出入口の方に歩き出す。

「あの、すみません」と松山は彼を呼び止めた。「どちらに行かれるんですか」

「部屋に戻って、電話番号を調べるんだ。北上に訊いたんだが、分からないという返事だったから、事件の担当者に直接確認する。別件についても訊きたいことがあるしな」

「何かに気づかれたのでしょうか」

慌てた様子で駆け寄ってきた藤生が尋ねる。

「確証はないが、ある仮説を思いついた」と土屋が寝ぐせの残った頭を掻く。「もしかすると、強盗犯は逃亡中に別の罪を犯していたかもしれない。そっち方面の捜査と情報共有することで、捜査の効率が上がるはずだ」

「別の罪……」

「細かいことはまたあとで話す。悪いが食器を片付けておいてくれ」

土屋はそう言い残すと、松山たちを置いて食堂を出ていってしまった。

7

平沼勝也は夕暮れの商店街をぶらぶらと歩いていた。

練りもの専門店に、昔ながらの洋菓子店。鮮魚店に青果店に駄菓子屋。通りの左右に様々な店舗が並んでいる。店構えはどこも古く、衛生的には見えない。それでも商店街には多くの買い物客が訪れていた。

店員も客も年寄りばかりだ。周りを見回しても、平沼より若い人間は一人もいない。金を使う場所としては申し分ない環境だ。

買い物客に紛れて二〇〇メートルほどの商店街を往復し、平沼は一軒の揚げ物屋に標的を定めた。

通りに面したショーケースの向こうに、七十歳前後の痩せた男がいた。揚げ物を食べたらすぐに胃もたれしそうな、生気のない顔をしている。レジを打つ速度は遅く、「ありがとうございました」の声は雑踏の音に掻き消されるほどかぼそい。

ここなら簡単に騙《だま》せるだろう。そう判断し、客足が途絶えたところで平沼はそちらに近づいた。

「はい、いらっしゃい。何にしますか」

ろくにこちらの顔も見ずに、機械的に老人が尋ねる。

「コロッケ二つ」と平沼はポケットに手を突っ込みながら言った。

「はい。コロッケ二つで二百円です」

「あ、悪いけど大きいのしかないや。これで」

さりげなく一万円札を差し出す。老人はそれを受け取り、「新品みたいだねえ」としみじみと言った。「もったいないんじゃない」

「銀行で下ろしたばっかりだから」と平沼は嘘《うそ》を言った。

「そうかい。じゃ、もらっとくよ」

一万円札をショーケースの上に置き、老人はレジを開けた。

「……ああ、いかん。百円玉が足りないな。取ってくるから待っててくれ」

老人はそう言うと、狭い調理場の奥に引っ込んでしまう。

「何をグズグズしてんだよ」と平沼は毒づいた。さっさとしろ！　と怒鳴りたいところだったが、そんなことをすれば相手の印象に残ってしまう。

三分ほどが経過したが、老人が戻ってくる気配はない。いらいらしつつ店の前で待っていると、「ちょっといいかな」とすぐ後ろで声がした。振り返ると、二人の制服警官が立っていた。鋭い視線を平沼に向けている。

やばい、と思ったが、こういう時ほど冷静に振る舞わなければならない。

平沼は「なんすか？」と表情を変えないように言った。

「その一万円札は、君が支払ったものかな」

五十代と思《おぼ》しき中年の警察官がショーケースの上の紙幣を指差す。

「えっと、まあ、はい。そうですけど」

「見せてもらうよ」

中年の警察官が一万円札を手に取る。男は表面と裏面をざっと確認し、もう一人の三十代の警察官にそれを渡した。

「これ、どこで手に入れたのかな」

「え、銀行のATMで出てきたやつですけど」

「そうかい。悪いけど、そこの交番まで来てくれるかな。いろいろと聞きたいことがあるから――」

中年の警官が言い終える前に、平沼は反転して駆け出した。素直についていったら、もう逃げるチャンスはない。

買い物客の間を縫うようにして駆けていく。動きののろい年寄りは邪魔で仕方なかったが、それは追っ手も同じはずだ。全力で追い掛けることはできないだろう。逃げ込める路地はないか。平沼は人の間をすり抜けながら左右に目を走らせた。

その時、視界の隅に黒い大きな塊が見えた。

違和感を覚え、正面に視線を戻す。

人ごみが割れ、その奥に巨大な男が立っていた。二メートル近い身長と、太くて長い腕。そして、ドラム缶のような太い胴体――。

テレビで見たことのある外国人関取だ、と気づくと同時に、男が立ち合いの勢いでこちらに突進してくる。

顔に風圧を感じた直後、恐ろしい力で両肩を摑まれた。一瞬で動きが止められ、ま

った く身動きできなくなる。

「どうしてお巡りさんから逃げる？　悪いことをしたのか？」

片言の日本語が頭の上から降ってくる。

ああ、これか、と平沼は思った。これは間違いなく非日常だ。人間離れしたこの力に抗《あらが》えるとは思えなかった。

後ろから、警察官の足音が聞こえてくる。

平沼は観念し、首を振って目を閉じた。

8

五月八日、金曜日の午後三時。松山は事務室で学術論文を読み進めていた。今年の二月に発表された、ＤＮＡの塩基配列決定法に関する最新の総説だ。

基礎的な手法から最先端の研究までをまとめたものなので、教科書的な感覚で読むことができる。とはいえ、初心者が読み進めるのにはかなり時間がかかる。専門用語も多く、逐一ネット検索して調べないと意味が取れない文章が多いからだ。

そうして悪戦苦闘しながら論文の内容を追っていると、細胞培養のトレーニングに行っていた藤生が事務室に姿を見せた。

「あ、お疲れ」

「うん。お疲れ様。それ、何の論文？」

「DNAの全配列を決める手法についての総説だよ。ちょっと勉強しようかなと思って」と松山は答えた。「この前、血縁関係からDNAの持ち主を特定する方法についてプレゼンしたよね。あれ、どれぐらい実現可能性があるか調べてみたくて」

「そんな課題、出てたっけ」

「単なる個人的な興味だよ。DNAの仕組みを理解するきっかけにもなるし」

「ふーん。そっか」と呟き、藤生は北上の席に目を向けた。「北上さんは？」

「次に取り組む事件の資料を読みに、警視庁に行ってるよ」

「つまり、強盗殺人事件は今度こそ完全に解決ってことでいいんだよね」

「そうだと思うよ。犯人は無事に逮捕されたし、素直に自供してるみたいだから」

「一石二鳥っていうのかな、こういうの」と藤生。「正直、驚いたよ。まさか、二つの事件をいっぺんに解決に導くなんて……」

「それも、ほんの些細《ささい》な閃《ひらめ》きから、だもんね」と松山は同意した。

あの日、食堂で土屋が思いついた仮説。それは、「手描きの一万円札が金庫に仕舞われていたのではないか」というものだった。

推理のきっかけとなったのは、金庫の扉に付着していた絵の具と、古賀が札束を見せびらかしていたというエピソードだった。近所の寄り合いで札束を見せたのは、金を持っていると自慢するためではなく、自作の紙幣が偽物だと見抜かれるかどうか試していたのではないか、と土屋は考えたらしい。

そして、そこからの展開は速かった。

手描きの偽札による被害は全国各地で発生しており、警察は犯人の行方を追っていた。そちらの事件で使われた偽札を調べたところ、金庫に付着した絵の具成分とぴたりと一致した。強盗殺人と偽札事件が繋がった瞬間だった。

しかも、被害者たちの目撃情報から作成した似顔絵は平沼に酷似していた。平沼は古賀の描いた一万円を使いながら、あちらこちらを転々としていたようだ。

あとは事件の担当者間で情報共有を行い、高齢者の営む個人商店を中心に注意喚起のチラシを配布した。その結果、平沼の逮捕に至ったというわけだ。ちなみに平沼の身柄が確保されたのは東京の国技館近くの商店街だった。

押収された紙幣の出来栄えは本物と見間違うほどで、透かしやホログラムの部分まで描かれていたという。また、紙質も実際の紙幣に限りなく近かったようだ。

平沼の話だと、盗んだ金庫には五百枚もの手描きの偽札が入っていたらしい。古賀がいつからその趣味に没頭していたのかは分からないが、遺品にあった絵の具の製造年月日は十五年前だった。また、偽の一万円札のデザインはすべて、二〇〇四年に発行されたデザインのものだった。これらのことから、銀行を退職後に描き始めたのだろう、というのが捜査関係者の見立てだった。

いずれにせよ、結果的に土屋はたった一人で二つの事件を解決したことになる。後日、その顛末《てんまつ》を知った北上は「推理するところを見たんだね。ゾクッとするような凄《すご》みがあったでしょ」と嬉しそうに言っていた。

おそらく北上は幾度となく土屋の推理を目の前で見てきたのだろう。彼に対して常に敬意を示すのも当然だ。「科警研のホームズ」の異名は伊達ではない。

「ひょっとすると、俺たちはすごい研究室を選んだのかも」

松山は腕を組みながら言った。

「……そうだね。吸収しなきゃいけないことがたくさんありそう」と藤生が頷く。

「土屋先生をその気にさせるのは大変そうだけど」

「北上さんと相談しながらやっていこう。これからも捜査に協力するわけだし、チャンスはあると思う。……松山くんは科学捜査に興味を持てそう？」

藤生に訊かれ、「うーん」と松山は唸《うな》った。

「興味っていうか、面白いって感覚はあるよ。土屋先生みたいに、ズバッと謎を解決したいっていう、幼稚な憧れなんだけど」

「卑下することはないよ。そういう気持ち、大事だと思う。……私もそんな風に、純粋な気持ちで将来を決めたかったよ」

「……え？」

ぽつりと漏らした藤生の呟きに、松山はドキリとした。

そういえば、彼女がどうして科捜研の職員を目指しているのか、まだその理由を聞いていなかった。

「あの、さ……」

松山が口を開きかけた時、「実験の続きがあるから」と藤生が立ち上がった。

藤生は立ち止まることなく、白衣の裾をひるがえしながら事務室を出ていった。質問はしないで、とその背中が強く訴えていた。

「まあ、そのうちかな……」

彼女の考えを聞く機会はいくらでもあるだろう。松山は頭を掻き、論文を読み進める作業に戻った。

第二話　転落のケミストリー

1

「あー、あーっ」

野々村育郎《ののむらいくろう》は誰もいないリビングで声を上げた。

それを何度か繰り返し、喉の調子を確認する。声がかすれたり、痰《たん》が絡んだり、といった異常はない。いつも通りだ。

発声練習のあとは早口言葉だ。リビングのテレビの前を往復しつつ、「生麦・生米・生卵」を繰り返す。舌の動きをスムーズにするための準備運動だった。

今の時刻は午前八時五十分。家にいるのは野々村一人だけだ。妻は介護の仕事に、七歳の息子は小学校に行っている。

平日の朝から家にいるのは、無職だからだ。二年前までは大手ＩＴ企業に勤めていたが、業績悪化に伴うコストカットの一環として解雇されてしまった。

クビ宣告を喰らった直後はショックもあり、完全にニートのような暮らしをしていたが、今は違う。再就職はしていないが、一応は収入もある。

ルーティンの早口言葉をひと通り終え、野々村は大きく深呼吸をした。

「さて、そろそろやるかな」

サイドボードの上の鏡で髪型をチェックし、野々村はダイニングテーブルについた。テーブルの上には三脚に固定したビデオカメラがセットしてある。

録画を始めようとボタンに手を伸ばしたところで、外から大きな音が聞こえた。金属らしき甲高い音と、ぐしゃっという鈍い音が混ざっていた。

ここはマンションの五階だ。それにもかかわらず、「うるさい」と感じるほどはっきりと音がした。それだけの衝撃があったということだ。交通事故だろうか。

「どこで事故ったんだ?」

このマンションは住宅街の中にあり、幹線道路からは離れている。十字路も多く、構造的に車はスピードを出しづらいはずだ。出会いがしらの衝突ならともかく、大きな事故が起きたことは一度もない。

ベランダに出て、マンションの前の道路を見渡す。しかし、どこにも事故の形跡はない。通行人は野々村のマンションの方を見ている。

「あれ、ウチか?」

ひょっとすると交通事故ではなく、ガス爆発でも起きたのだろうか。火が出ていたらすぐに逃げなければならない。状況を確認すべく、野々村は自宅を飛び出した。

外廊下には近所の住人たちがいた。隣に住む七十代の女性が「大変よ、野々村さん」と駆け寄ってきた。

「あ、おはようございます。すごい音でしたけど、何があったんですか」

「非常階段の踊り場の手摺《てす》りが外れて落ちたのよ。すぐそこの」

老女が廊下の先を指差している。非常階段に続く突き当たりのドアの前に住人たちが集まっているのが見えた。

「なんで急に落ちたんですかね」

「さあ。分からないけど、もたれたんじゃないの」

「もたれた……」

その言葉が、「持たれた」ではなく、背中を手摺りに預けたという意味であることに気づくのに、少し時間が必要だった。

ということは、さっきの鈍い音は……。

野々村は唾を呑《の》み込んだ。

「あの、もしかして……一緒に落ちた人がいるんですか」

違うと言ってくれ、と祈りながら尋ねる。

すると老女は「待ってました」とばかりに大きく目を見開いた。

「可哀相《かわいそう》な話よねえ。運が悪すぎるわ」

その時、近づいてくる救急車のサイレンが聞こえてきた。

「さっきちらっと見たんだけど、アスファルトの上にあおむけで倒れていたの。血が飛び散ってて、その中で大の字になってて……もう助からないと思うわ」

老女は興奮した様子で早口に言い、「あれは見ない方がいいわね」と自分の部屋に戻っていった。

「いや、自分は見てるんじゃん」

小声で突っ込み、野々村は首を横に振った。五階の住人の誰かが落ちたのだろうか。付き合いのある住人の顔が思い浮かぶ。

ただ、それを確認しに行く勇気はなかった。野々村は自宅に入り、リビングのソファーに腰を下ろした。

高く鳴り響いていたサイレンが、ぴたりと静かになる。

急に室内に静寂が戻ってくる。

やろうと思えば「仕事」を始められそうだ。だが、鼓動が落ち着く気配はない。とてもじゃないが、いつも通りのパフォーマンスを発揮できる気はしなかった。

「また明日にするか……」

ぽつりと呟き、野々村はソファーに寝転んだ。

2

「うーん……」

松山は事務室の自分の席で、一枚の紙と向き合っていた。

机の上にあるのは、タンデム質量分析《MS/MS》による分析データだ。ベースラインと呼ばれるまっすぐな一本の線から、短い線分が何本か伸びている。何も知らない人間が見たら、歯の抜けた櫛《くし》を模式的に表した図だと思うかもしれない。

分析科学においてよく使われる装置に、質量分析計というものがある。サンプル中に含まれる物質の分子量を測定する機械だ。ＭＳ／ＭＳはこの質量分析計が二台連結されている。こうすることで、元の物質が分解されて生じるパーツの分子量も測定でき、化学構造の解明に繋がる手掛かりを得やすくなる。

化学物質は複数のパーツで構成されることが多い。例えばベンゼン環やインドール、エーテルやアミドといった構造が挙げられる。

これらのパーツがどう結合しているかによって、物質の性質は大きく変わる。形は似ていても全然別物になってしまうのだ。ゆえに、パーツの情報から元の構造を推定する際には、細心の注意が必要になる。

松山はこの一時間ほど、ずっと構造推定作業を行っていた。分子量の異なる四つのパーツがどういう順番で、どの位置同士で繋がっていたか。それをああでもないこうでもないと検討している。

「そっちの問題、難しいみたいだね」

話し掛けられて顔を上げると、藤生がすぐそばに立っていた。松山が解読に挑戦している分析チャートをじっと見つめている。

「難しい……のかな？　経験が浅いから、それすらよく分からないんだ」と松山は苦笑した。この解読作業は、北上から与えられた課題だった。チャートを渡されたのは昨日の夕方で、それから空き時間を見つけては解読に挑んでいるが、未だに解答を提出できずにいる。

「藤生さんはもう終わったの？」と尋ねた。対象の物質は異なるが、彼女も松山と同じ構造推定の課題を与えられている。

「うん、さっき提出したよ」と藤生は涼しい顔で答える。彼女の専門は遺伝子やタンパク質を扱う分子生物学だ。根底には「分子」があるとはいえ、化学科の松山に比べれば、分子量が五〇〇に満たない低分子化合物と触れ合う機会は多くないはずだ。明らかな能力の差を見せつけられ、松山はため息をついた。

「……問題を解くコツってあるのかな」

「あると思うよ。これって、ジグソーパズルみたいなものでしょ。パーツを当てはめられる位置は決まってるんだから、組み合わせは有限じゃない。候補化合物を適当に推測して、それが正しいかどうかを確認すればそれでOKだと思うんだけど」

「確認って、どうやって」

「推定した構造をデータベースで検索したんだよ。現実に存在していればそれが答えってこと」

「……そんな手を使ってもいいんだ」

意外な返答に、松山は思わずそう尋ねていた。一から十まで独力で解読するものだと思い込んでいて、「データベースを活用して答えを探す」という発想は完全に抜け落ちていた。

「ダメとは言われてないし」と藤生は平然と言う。「というかそもそも、MS／MSの分析データから構造を推定するソフトがあるんだよ。データを読み込ませれば、矛盾のない構造を数秒で出してくれるし、データベースの検索までやってくれる。現実的には、人間が頭を悩ませる場面はほとんどないんじゃないかな」

「いやまあ、それはそうかもしれないけどさ……」

藤生があまりに堂々と喋るので、何が正しいのか分からなくなってきた。彼女の主張は、「電卓があるんだから九九なんて覚えなくていい」という考え方と同じではないだろうか。合理的ではあるのだが、どこか釈然としない部分はある。藤生のスタンスについてどう思うか、北上に訊いてみなければ。

「データベースの使い方、興味あるなら教えるから」

藤生はそう言って自分の席に戻り、印刷した論文を読み始めた。相変わらずストイックだな、と松山は思った。実験の待ち時間に事務室に戻ってきても、彼女は貪欲に知識を詰め込もうとしている。一分一秒を惜しんでいる、という感じだ。お菓子を食べたり、松山と雑談をしたり、という過ごし方をすることはない。

科学警察研究講座に配属になって、もうひと月半が経った。日中、藤生とはこの事務室で毎日数時間、同じ空間を共にしている。それにもかかわらず、彼女と親しくなったという実感がない。話し掛ければ応じてはくれるが、事務的に対応しているという印象を受ける。それは松山に限った話ではない。藤生は北上や土屋に対しても似たような態度を取っている。

別に、藤生を異性として意識しているつもりはない。それでも、もうちょっと打ち解けられないものかと松山は考えていた。

……ここはあえて、プライベートに立ち入ってみるか。

松山は咳払《せきばら》いをして、ゆっくりと立ち上がった。

「それ、何の論文？」

声を掛けると、藤生はくるりと椅子を回転させた。

「時間が経った指紋を検出する方法についての研究」

「へえ、指紋か。そういう勉強もしてるんだ」

「たまたま見掛けて、どんなのかなと思って」と藤生はクールに答える。

「ずっと勉強ばっかりだと疲れない？」

「別に。研究室の環境に慣れてきたし、そろそろインプットに力を入れようと思って。学ぶことはいくらでもあるから」

「まさかとは思うけど、家でも論文や専門書を読んでるの？」

「何が『まさか』なのか分からないけど、読んでるよ。他にすることもないし」

「いや、そんなことはないでしょ」と松山は言った。「休みの日はいろいろと忙しいんじゃないの」

「いろいろって？」と藤生が眉根を寄せる。

「買い物に出掛けたりとか、友達と遊んだりとか」

「私、休日に一緒に遊ぶような友達はいないから。基本、ずっと家にいるよ」

藤生は一切の躊躇《ちゅうちょ》なく、堂々とそう言った。

「……それ、寂しくない？」

松山はそう尋ねずにはいられなかった。研究室に配属になってからも、松山は休みの日にはしっかり遊ぶようにしている。友人と会い、カラオケに行ったりボウリングをしたり、自宅で飲み会を開いたりしている。

「寂しいっていうのは、相対的な感覚だよね。『にぎやかで楽しい』という記憶があって初めて成立するものでしょ。私は変化の少ない日常を送っているから、寂しいかどうかを判断する物差しを持っていないの」

「……はあ、そういうもんなの？」

「ピンと来ない？　じゃあ、質問。松山くんはトリュフを食べたことある？」

「トリュフ……は、たぶんないかな」

「食べられなくて悲しいと思う？」

「いや、別に。馴染《なじ》みがない食材だし……」

「それと同じことだよ。味わったことのない食べ物を求めることはないでしょ」

「うーん、言ってることは分かるよ。でもさ、興味を持つことはあるんじゃない」と松山は思いついたことを口にした。

「どういうこと？」

「トリュフの味は知らないけど、『美味《うま》いもの』として珍重されてることは知ってる。だから、ちゃんと自分の舌で味わってみて、本当に美味《おい》しいのかどうか確かめたいって気持ちはあるんだ。これって普通の感覚だよね。藤生さんも、『にぎやかで楽しい』

に対して興味を持つことはあったんじゃない？　概念は知ってるんだから」

　藤生は視線を逸らし、「それは……」と呟いたきり黙り込んだ。

　息苦しさを伴う沈黙が事務室に満ちていく。藤生を言い負かすつもりはなかったのだが、つい反論してしまった。打ち解けるために話し掛けたのに、これでは逆効果だ。早く、この重苦しい雰囲気を吹き飛ばさなければ。

　何か別の話題はないだろうか。頭を悩ませていると、事務室のドアが開き、北上と土屋が姿を見せた。

「ああ、ちょうどよかった。二人とも揃ってるね」

　北上は微笑むと、「座って話しましょうか」と土屋に声を掛けた。

「そうだな。えーっと、座るところは……」

　藤生が素早く立ち上がり、部屋の隅に立て掛けてあったパイプ椅子を持ってきた。

「よかったら、私の椅子を使ってください」

「いや、そっちでいいよ。君らは自分の椅子を使うといい」土屋はパイプ椅子を広げ、そこに腰を下ろした。「いきなりで悪いが、君らに話がある。北上、よろしく」

　はい、と頷き、北上は松山と藤生の顔を交互に見た。

「実は、新たな捜査協力依頼が来てるんだ」

「え、早いですね」

思わず松山はそう口走った。初めて関わった事件が一段落してからまだ一週間も経っていない。以前、科警研の分室という形で活動していた際は、依頼のない時期がひと月以上続くこともあったという。それに比べるとずいぶん早い。

「うん。なるべく空白期間は短くしようと思って。過去の未解決事件には積極的に目を通すようにしているよ」と北上。「まあ、今回はたまたまタイミングがよかった、って感じだけど。僕がリストアップしていた事件ではないんだ」

「どういった事件なのでしょうか」

「簡単に言うと、保険金殺人の可能性の検証だね。概要に目を通してみて」

北上が数枚の資料を差し出す。

最初のページに、事件の流れがざっくりとまとめられていた。

（関係者）

女性・三十九歳（以下、Aと表記）

男性・四十三歳（故人。歳は享年。Aの前夫。以下、Bと表記）

男性・四十五歳（Aの今の夫。以下、Cと表記）

（事件の推移）

二〇一八年　五月　Bが三鷹《みたか》市内の自宅マンションの非常階段から転落して死亡。

同年　七月　AがBに掛けていた生命保険金を受け取る。（三千万円）
二〇一九年　十月　AがCと再婚。（Cは初婚）
二〇二〇年　四月　Cが歩道橋の階段から転落。
※Cは頭部を強打し、意識不明状態が今も続いている。Cには三千万円の死亡保険金が掛けられていた。

「Cさんの事故により、二年前のBさんの転落事故が殺人かもしれない、という疑いが出てきたわけですね」と藤生が資料を見つめながら言う。

「そういうことだね。当時の警察の捜査では事故だと判断されているけど、果たしてそれが正しかったのかどうか、科学的に検証してほしいという依頼だよ。Cさんの両親から警察に相談があって、それで過去の事件を見直すことにしたようだ」

「きた……」北上に話し掛けるのを途中で止《や》め、藤生は土屋の方に顔を向けた。「土屋先生は、引き受けるべきだとお考えでしょうか」

土屋は資料を眺めながら頷いた。

「まあ、そうだな。事件からかなり時間が経っているし、急ぐ必要はないからな。時間的な制約がない方が、君らもやりやすいだろう」

「具体的には、どのように捜査に協力するのでしょうか」

「それは北上が考えてくれる。そうだよな」

土屋に話を振られ、「別に奇想天外な作戦があるわけではないですが」と北上は鼻の頭を掻いた。

「Bさんは非常階段の踊り場から転落したんだけど、同時に柵も落下していたんだ。もたれた拍子に柵が外れ、バランスを崩して転落したと推測されている。だから、調べる対象は当然、この柵ってことになる」

「二年前の事件ですが、証拠品は残っているんでしょうか」

「ああ。警察は事故だと判断し、回収した柵をマンションの管理会社に返却したんだ。そのあと、管理不充分で事故を引き起こしたとして、Aさんはマンション側を民事で訴えている。たぶん、訴えられることを想定していたんだろうね。裁判で戦う材料として、マンション側はすべての証拠品を保管していたんだ」

「なるほど……。裁判は終わったんですか」

「去年の十二月に和解が成立している。マンション側が責任を認め、賠償金を払うことで決着したみたいだね。幸い、返却された証拠品はまだ保管しているそうだよ。近いうちに大学に持ってこようと思ってる」

北上はそう説明し、「今回は化学的な調査が主になると思う」と言った。「前回とはまた違うジャンルの分析手法に触れるいい機会じゃないかな」

「……僕が頑張らないと、って感じでしょうか」

松山が自分の顔を指差すと、「いやいや、そんなに気負う必要はないよ」と北上は笑った。「化学科とはいえ、松山くんはまだ四年生だからね。活躍を期待するけど、結果を求めたりはしないよ」

「そうだな」と土屋が資料から目を上げる。「科学捜査官には幅広い知識が求められる。証拠品と向き合った時、『知っている』ことで見えてくるものがあるからだ。だから、これまでに学んできた分野かどうかにかかわらず、積極的に知識を吸収していってもらいたい」

「ということで、どうかな。今回の案件、やってみようって気になったかな」

北上に訊かれ、「はい」と松山は間を空けずに答えた。事故だと思われていた事件が、実は故意に引き起こされたものだった――そんな筋書きのドラマを何度か見たことがある。事件性の有無をどう判断するのか、純粋に興味があった。

「私も、ぜひ参加させてください」と藤生が続けて言う。「土屋先生のおっしゃる通り、自分の知識を広げるいいチャンスだと思います」

「じゃ、決まりだね。頑張ろう」

北上と土屋が立ち上がり、部屋を出ていく。

松山は土屋が使ったパイプ椅子を折り畳み、もとの場所に戻した。

「ねえ、松山くん。よかったら構造式推定の課題、手伝おうか？　今日中に済ませたいでしょ」

「ありがとう。でも、自力で最後までやるよ」

「データベースは使う？」

「うーん。やめておこうかな。間違うかもしれないけど、何にも頼らずにやってみようと思う」

「そう。松山くんがそうしたいなら、それでいいんじゃない」

藤生はそう言うと、「実験があるから」と事務室をあとにした。

松山は椅子に腰を下ろし、大きく息をついた。

今の選択は、藤生をがっかりさせただろうか。彼女の提案に従っていたら、もう少し心を開いてくれただろうか。

自問自答してみたが、意味のなさに気づき松山は首を振った。そんなこと、考えたところでどうしようもない。

それより、今はとにかく課題を片付けるのが先だ。松山は気持ちを切り替えて机に向き直ると、シャープペンシルを手に取った。

3

翌日、午後一時。松山は藤生と共に理学部一号館の玄関前にいた。

辺りを見回しながら待っていると、「あ、あれじゃない」と藤生が呟いた。

白の軽トラックがゆっくりと近づいてくる。運転席には北上の姿がある。

玄関前で車が停まった。松山は「お疲れ様です」と北上に声を掛けた。

「うん。悪いね、わざわざ」

「お一人だと大変かなと思いまして。ちなみにこの車は、北上さんのですか」

「いや、もちろんレンタカーだよ。自分の車は、東京に来る前に手放したよ。こっちで車を乗り回す必要性はないからね」

車を降り、北上が荷台のビニールシートを外す。そこには、段ボールで挟まれた柵が載せられていた。

柵の高さは一メートル一〇センチ、幅は九〇センチほど。思ったよりは小さいな、というのが最初に抱いた感想だった。

「この段ボールは、保護のためのものですよね」

「そうだね。運搬中にどこかにぶつけるといけないから、部屋に運んでから外そうか」

前回の事件では証拠品の金庫を六階の備品倉庫に置いていたが、他の学生の邪魔になるということで、今回はちゃんと部屋を確保した。七階にある、利用頻度の低い小会議室を使う。

台車は事前に準備してある。載せて手で支えれば運ぶことはできるだろう。エレベーターにも問題なく載るサイズだ。問題は重量だ。

「これ、どのくらいの重さがあるんですか」

松山が尋ねるより早く、藤生が質問した。同じことを考えていたようだ。

「アルミ製だし、棒の部分は中空構造だから見た目より全然軽いよ。一〇キロもないんじゃないかな」

北上はそう答えると、荷台から柵を引っ張り出した。松山は台車に載せるのを手伝ったが、確かに軽いと感じた。頼りない印象を抱かせるほどだ。

北上が台車を押し、松山が立てかけた柵を支える。藤生はエレベーターのボタン係だ。三人で七階に上がり、小会議室の方へと台車を押していく。

「土屋先生は気にならないんですかね」

廊下を進みながら、松山は尋ねた。ちなみに今日、土屋は海外の有名な環境科学研究者の講演を聞くために、朝から横浜に行っている。

「今回も、僕たちに任せるつもりなんだと思うよ」と北上。「基本的に放任主義だからね、土屋さんは」

「……以前、北上さんは『土屋先生に慣れてほしい』ということを言ってましたよね。そのアドバイスを常に意識はしているのですが、なかなか難しいです」

前方を歩いていた藤生が低い声で言う。静かな怒りがその背中から滲《にじ》み出ていた。

「僕も最初は不安だったけど、それでもなんとかなってるからね。分室時代を含めて、引き受けた事件はすべて解決に導いてきたんだ。いずれのケースでも、土屋さんが最初に真相にたどり着いてる。僕たちと関わる時間は短いかもしれないけど、無関心というわけではないんだ。データが充分に出揃えば、土屋さんは即座に真実を見抜く。『真相を解析する能力』――それこそが、あの人がホームズと呼ばれるゆえんだよ」

北上はどこか楽しそうにそう説明した。

その評価はきっと正しいのだろう、と松山は思った。この間の事件で、土屋が推理をする場面を目の当たりにした。あの異常とも思える思考の切れ味を見てしまった今となっては、土屋は卓越した才能の持ち主だと認めざるを得ない。

そこで藤生が振り返った。その表情は思いのほか真剣だ。

「優れた才能を持っていることは分かります。ただ、指導教員としてどうなのか、という点について不安を持っています」

「名選手が必ずしも名指導者になるとは限らない……ってやつだね。まあ、それに関しては否定はできないよ。土屋さんのやり方は特殊だと思う」

「でも、それを変えることは難しいと」

「……今すぐ、っていうのは無理だろうね。優秀なコーチがいればチームは機能すると思ってる。だから、僕は僕なりに精一杯その役目を果たすつもりだよ」

そんなやり取りをしているうちに、小会議室に到着していた。

藤生がドアを開ける。部屋の広さは約六帖。常設のスクリーンはなく、資料を映写する際はポータブルのプロジェクターを持ち込んだ上で、壁に映像を映さなければならない。それが不便なので、利用者が少ないようだ。

昨日までは折り畳み式のテーブル一台とパイプ椅子が数脚並んでいたが、それらはすべて片付けた。床には汚れを落とさないようにビニールシートを敷いてある。

「じゃ、横にするよ」

北上が台車から柵を下ろし、そっとシートの上に置いた。

保護材代わりの段ボールを外すと、白く塗装された柵が現れた。柵のあちこちに傷や大きなへこみがあった。落下の衝撃のせいだろう。上下部分は直径五センチのがっしりした円柱で、それらを太さ二センチほどの四角柱が繋いでいる構造だ。支柱の数は全部で七本。互いに十五センチ程度離れており、大人の腕でも余裕で通るほどの幅がある。

調査を引き受けると決めたので、すでに松山たちには事件関係者の氏名が明かされている。亡くなった男性の名前は、森内裕孝《もりうちひろたか》。死因は全身打撲で、ほぼ即死だったようだ。

「これ、幅が一メートルもないですけど、事故があった非常階段の踊り場はそんなに狭いんですか」

柵を観察しながら藤生が尋ねる。

「ああ、いや、これと同じ柵がもう一つ設置されてたんだ。踊り場の写真はまたあとで見せるけど、二メートル四方の正方形を思い描いてもらえたらと思う」

「並んでいたもう一つの柵は外れていなかったんですね」

「そうだね。落下したのはこれだけだよ」

「隣の柵と連結されていなかったんですか」

「うん。二つの柵の間は一〇センチほど離れて設置されていたよ」

「柵はどうやって固定されていたんでしょうか」と藤生が矢継ぎ早に質問する。

「踊り場の床はコンクリートで、そこに埋め込んだ台座の金具と、柵の両端の支柱がボルトで固定されていたよ。その部分だね」

北上が柵を指差す。接合部分の金具は正方形の板で、支柱の底面に溶接されていた。金具の板には四つの穴が開いている。柵の両側で固定するので、合計八本のボルトで止められていたことになる。

「ボルトがないですね」

松山がそう指摘すると、「別に保管してあるよ。車の助手席に乗せたままだから、取ってくる」と北上は部屋を出ていった。

二人きりになり、室内に静けさが訪れる。

松山は柵を見下ろしながら、「落ちていくとき、森内さんはどんな気分だったんだろうね」と呟いた。

しゃがんでいた藤生が「え？」と松山を見上げる。

「五階の踊り場だと、高さは一三、四メートルくらいかな。初速度ゼロで落下したとして、地上まで一・六秒とか、その程度になるよね。それって短いようで意外と長い時間って気がするんだ」

「……ケースバイケースだと思うけど、今回は『絶望』じゃないかな」

藤生はそう答えて、再び柵に目を落とした。

「どうしてそう思うんだい」

「落下するまでに少しは時間があったから。資料に書いてあったでしょ。森内さんは柵を摑んでいたって」

「ああ、そういえば」

事故そのものを目撃した人間はいないが、いくつかの証拠から落下までの経緯は詳細に推測されていた。

　事故が起きたのは午前八時五十分。森内は喫煙のために踊り場にいたと考えられている。落下した彼の傍らに火のついたタバコが落ちていたからだ。フィルター部分からは森内の唾液も検出されている。

　森内は当時、妻の琴乃《ことの》と二人暮らしをしていて、室内で犬を飼っていた。犬が嫌がるからという理由で室内やベランダでの喫煙を禁じられていたため、わざわざ踊り場でタバコを吸っていたようだ。なお、彼のその習慣については、他の住民からも目撃証言が得られている。その日だけの気まぐれではなかったわけだ。

　いつものようにタバコを吸っていた森内は、警戒心なく踊り場の柵に背中を預けた。その直後か、それとも少し間があったのかは不明だが、柵が外側に倒れ、森内はバランスを崩した。ただし、その時点で外れたのは柵の片側だけだった。空中に投げ出されそうになり、森内はとっさに柵の支柱の一本を摑んだようだ。このことは、柵に残った森内の指紋によって裏付けられている。

　踊り場の外側にぶらさがる格好になったのは、わずかな時間だった。助けを呼ぶより先にもう片方の固定も外れ、森内は柵と共に地上に落下してしまった。これが事故の全容だと考えられている。

「絶望、かあ……。走馬灯を見たかな」

松山に背中を向けたまま、藤生は「どうかな」と短く言った。

「迷信だって説もあるけど、個人的には走馬灯はあると思うんだ。眠りに落ちるまでのわずかな時間に、いろんな光景が広がるってことない？　脳のポテンシャルは俺たちが思っている以上にすごい気がする。だから、『死ぬかもしれない』っていうピンチになると、危機を回避する方法を見つけるために過去の記憶を蘇《よみがえ》らせ――」

「やめて！」

いきなり藤生が叫んだので、松山は言葉の途中で口を閉ざした。

藤生が立ち上がって振り返る。眉間にはこれまで見た中で一番鋭く、深いしわが刻み込まれていた。

「亡くなる瞬間の気持ちを想像するなんて、悪趣味だよ。頭の中で勝手にやるのは自由だけど、話題に出さないで」

「いや、俺は別にそんな……」

弁明しようとしたが、藤生の眼差しの鋭さに二の句が継げなくなる。

「……ごめん」

絞り出すように謝ったところで、北上が戻ってきた。すっと眉間のしわを消し、藤生は北上に駆け寄った。

「あれ、どうかしたの？」

「いえ、なんでもありません。ボルトを見せていただけますか」

「うん。これだよ」

北上は大判の封筒から、一本ずつ別々のポリ袋に入ったボルトを取り出した。何の装飾もない、シンプルな六角ボルトだ。ネジ部分の直径は一・五センチほど。長さは六センチ前後だろう。

柵を固定していた八本のボルト、すべてに赤褐色の錆が付着していた。そして、八本のうちの七本は、六角形の頭部部分のすぐ下のところで破断していた。断面は鈍い銀色をしている。

「見事に折れていますね」と松山は見たままを口にした。まるで金属用ののこぎりで切ったかのようだ。「柵が設置されて何年くらい経っていたんですか」

「何度か塗装をやり直してはいるけど、マンションが建てられてから事故が起きるまでの三十年間、一度も交換されていなかったそうだよ」

「ボルトが錆びているのは、雨のせいでしょうか」

ポリ袋の一つをつまみ、まじまじと見つめながら藤生が訊く。

「そうだろうね。踊り場は上階への折り返し部分が屋根の役割を果たすけど、風が吹けば雨粒が吹き込んだと思う。何年も経てば錆びて当然だし、他の階のボルトも似たような状態だったよ」

そう説明して、「ただ……」と北上は腕組みをした。「事件後にすべての柵が調べられているんだけど、このボルトを含め、内部まで錆が侵食していたものは一本もなかったそうなんだ。錆びていたのは頭部部分だけってことだね」

「他の柵はもたれても大丈夫だったということですか」

「そういうことになるね。少なくとも、成人男性一人分の体重くらいは余裕で支えられたはずなんだ」

それが本当なら、五階の踊り場の柵だけが極端に外れやすくなっていたことになる。雨水の降り込み方に多少の差はあるだろうが、誤差程度のものだ。特定の階だけに異常が起きていたとなれば、人為的な工作を疑うのは自然な発想と言える。

「裁判では、マンション側の管理責任が認められたんでしょうか」

松山の問いに、北上は「そういう判決が出る見込みだったから、途中で和解したんだと思う」と答えた。「『裁判で負けた』という情報が広まって、マンションの評判が悪化するのを避けたんだろうね」

「管理上の問題ではなく、悪意のある人間の仕業だったんだ、という反論はしなかったんですか」

「立証するのが難しいと思ったんじゃないかな。どうして五階だけ壊れやすかったのか、という疑問は論点になっていないよ。警察の捜査段階も含めてね」

「……それが、今になってクローズアップされてきたと……」

そこで、藤生が「気になることがあります」と手を上げた。

「保険金殺人の疑惑についてですが、柵に手を加えて壊れやすくするというのは、確実性に劣るやり口ではないでしょうか」

「確かに、その指摘は正しい」と北上が頷く。「ただ、だからこそ疑われにくいというメリットもある。『プロバビリティーの犯罪』という言葉を知ってるかな。江戸川《えどがわ》乱歩《らんぽ》が命名したとも言われてる概念なんだけど」

「言葉は初耳ですが、意味は分かります」と松山は言った。「ターゲットが日常的に使う階段にビー玉を置くとか、風呂場の床に石鹸《せっけん》をなすりつけておくとか、『もしかしたら事故が起きて死んでしまうかもしれない』状況を作り出すことですよね」

「そう、そういうやり方だよ。この事件もプロバビリティーの犯罪だったと考えることはできるよね」

「……いえ、その考え方には納得できません」と藤生が首を振る。「家の中に罠《わな》を仕掛けるのならともかく、踊り場の柵だと他の人が亡くなるリスクをはらんでいます。他人の命を奪う危険を冒してまで、不確実な方策を選ぶでしょうか？」

それは人によるのではないか、と松山は思った。亡くなった森内の妻の琴乃——今は再婚して、姓が倉橋《くらはし》に変わっている——が、どうしても夫を殺したいと強く願い、危険極まりない賭《か》けに出ていた可能性もある。

「まあ、ディスカッションはこの辺にしておこうか。真相について議論するのは、もっとデータが出揃ってからの方が建設的だからね」

笑みを浮かべ、北上はポリ袋に入ったボルトを手のひらに乗せた。

「分析の対象は、主にこのボルトになると思う。君たちにも一本ずつ渡すよ。大きく破損させなければ、表面を削って分析に使って構わない。自分の思うやり方で、新しい事実を引き出してみてほしい」

「い、いいんですか？　まだ経験が浅いのに……」

松山が不安を口にすると、「土屋さんの指示なんだ」と北上は明かした。「だから安心していい。何かあれば、土屋さんが責任を取るよ」

「そう言われましても……」

「私はやりたいです」

藤生は堂々とそう宣言する。それに引っ張られるように、「じゃあ……自分もやってみます」と松山は控えめに言った。

「了解。じゃ、どうぞ」

北上が差し出したボルトを受け取り、松山は自分の席についた。

手の中のボルトがやけに重く感じる。藤生には松山を煽《あお》ろうという気持ちはなかっただろうが、「遠慮します」とは言いづらい雰囲気ができあがっていた。そのせいで、何も考えずにやると言ってしまった。

とはいえ、自由に分析技術を試す機会を与えられたことは嬉しかった。

松山は未だに進路を決めかねている。企業の面接は六月に始まるところが多い。もし大学院に進まないのであれば、五月中に企業へのエントリーシートを提出する必要がある。自分が将来どうしたいのか、あと何日かの間に方向性を定めなければならない。

これも何かの巡り合わせだ。今回の事件で、科学捜査の研究が自分に合っているのかどうかを見極めよう。そして、進学か就職かを決めるのだ。

そのために、今の自分にできるベストを尽くす。そう決めてしまうと、一気に気分がすっきりした。

まずは、どんな分析手法を試すかを考えよう。

ボルトを机の引き出しに仕舞い、松山はノートパソコンと向き合った。

4

それから一週間が経った、五月二十二日。松山は理学部一号館の六階の会議室にいた。スクリーンやプロジェクターが常設されている、いつも使う方の部屋だ。

すでに、北上や藤生も来ていた。時刻はまもなく午前十時。ミーティングの開始予定時刻だ。今は土屋の到着を待っている状態だった。

発表の一番手は松山だ。小さく息をつき、テーブルの上のミネラルウォーターを口に運ぶ。

「緊張してるみたいだね」と藤生に声を掛けられた。

「え、そうかな」

「自覚はない？　さっきから一分おきに水を飲んでるよ」

言われて初めて気づいた。確かに、液面がずいぶん下がっている。喉が渇いているという感覚はないが、手持ち無沙汰でついついペットボトルに手が伸びていたようだ。

「緊張……してるのかな。まあ、たぶんそうだと思う」

「その割には声は落ち着いてるけど」

「昔から、緊張をコントロールするのは得意なんだ」と松山は言った。「手足がこわばったり汗を掻いたり、鼓動が速くなったりはするけど、それをありのままに受け入れられるんだ」

「パフォーマンスが落ちないってこと？」

「そうだね。緊張するのは、やるべきことが明確な場面が多いよね。だったら、そのやるべきことをただやればいい、って考えるようにしてる」

「ふーん。意外と……って言っちゃうと失礼だけど、松山くんって度胸があるんだね。大舞台に強そう」

「ありがとう。じゃ、頑張って」

「うん。藤生さんに褒められると、なんだか誇らしい気持ちになるよ」

この間のやり取りで藤生を不快な気分にさせてしまったが、この何日かは普通に会話できるようになっていた。ただ、相変わらずよそよそしさは感じる。

卒業までこのままなのかな、と小さな不安を覚えたところで、土屋が会議室に入ってきた。

今日も相変わらず頭に寝ぐせがついている。服装は長袖の黒いTシャツにチノパン、それにサンダル。いつ見ても同じ格好だ。土屋の周りには身なりへのアドバイスをしてくれる人は誰もいないらしい。

「お、時間通りだな。これは珍しい」自虐的なことを口にして、土屋が席についた。

「それじゃ始めてくれ」

北上が部屋の明かりを落とす。松山は用意した資料をスクリーンに表示させた。

「では、落下した柵を固定していたボルトの分析結果を報告します。人為的な工作によってボルトが破断した可能性を検討するために、まずはデジタルマイクロスコープによる断面の観察を行いました」

マウスをクリックし、マイクロスコープで撮影した断面の拡大画像に切り替える。

「ねじの円周部分、三六〇度を一〇度ごとに観察しましたが、金属のこぎりなどによる傷は見当たりませんでした。軽く力を掛けるだけで破断するように、あらかじめ傷をつけておいたという可能性は否定していいと思います」

「あ、質問いいかな」と北上が手を上げる。「切ろうとした痕跡かどうかはどうやって判断したのかな」

「最初はインターネットで画像を探したんですが、あまりいいのがなくて……。なので、これと同じサイズのボルトと何種類かの金属のこぎりを購入して、自分で切断してみました。比較対象はその画像です」

「材料の購入はどこで？」

「転落事故のあった三鷹市のマンションから一番近いホームセンターで買いました。もし奥さんが犯人なら、そこで道具を調達した可能性が高いと思ったからです」

「なるほど。悪くない考え方だと思う。購入は自腹だよね？　研究費から出すから、あとで領収書を提出してね」

「分かりました」

松山はちらりと土屋の様子を窺った。彼はテーブルに左ひじをつき、手のひらに顎を乗せた姿勢でスクリーンを眺めていた。集中しているようにも、ぼんやりしているようにも見える。

「機械的な細工の可能性が消えたので、次は薬品などを用いる化学的な細工について調べました。ちなみに裁判で原告側は、『雨水によってボルトと穴の間に錆が生じ、それが原因で強度が低下して破断に至った。マンションの管理者はそれを想定できたはずで、定期点検を怠ったのは過失である』という主張をしており、それが大筋で認められた格好です。ただ、錆やボルトそのものの化学的な分析は行われていません」

話すことが多いので喉が渇いてきた。水を飲みたい気持ちを我慢して、次のスライドをスクリーンに映す。

「分析に用いたのは、蛍光X線分析法です。この手法を用いて、ボルトの破断部分に含まれる元素を測定しました。また、新品の同種のボルトについても元素分析を実施し、成分の比較を行いました。その結果、破断した問題のボルトには、ある元素が多く含まれていることが分かりました。それは……」

資料を切り替えようとしたところで、「ちょっと待った」と土屋がストップを掛けた。

「質問でしょうか」

「いや、藤生が何か言いたそうな顔をしているな、と思ってな」

土屋が藤生を指差す。見ると、彼女は険しい表情で手元の資料を見ていた。

「いえ、どうプレゼンしようか考えていました」と藤生は低い声で言った。

「……松山くんの発表と、ほぼ同じ内容なので」

「え、そうなんだ」

「デジタルマイクロスコープと蛍光X線分析法を使ったのはまったく一緒。やり方もほとんど変わらないと思う。違いは、自分でボルトを切ったかどうかだけ。だから、たぶん結果も同じなんじゃないかな。私の分析結果でも、ある元素が検出されてる。普通なら、ボルトには使われないはずの元素が」

「そうか。じゃ、二人で声を合わせて言ってみてくれ」と土屋。

思いがけない指示に戸惑いつつ、松山は藤生の目を見た。視線が合うと彼女は小さく頷いた。

「じゃあ、言います。せーの……」

ガリウム、と答える二つの声が見事に重なり合う。藤生は少し照れ臭そうだった。

松山は軽く咳払いをしてから、あらためて分析データを表示させた。

「柵に使われていたボルトはいずれもステンレス製でした。主成分は鉄で、それ以外に、炭素、ケイ素、マンガン、リン、硫黄、クロム、モリブデン、ニッケル、銅などが含まれています。しかし、一般的にガリウムが使われることはありません」

「ふむ。興味深い結果だな。せっかくだ。ガリウムについての説明は藤生に譲ってやったらどうだ。調べてきてるんだろ？」

土屋の言葉に、藤生が「はい」と首を縦に振る。

「分かりました。じゃあ、交代ということで」

発表自体は短かったが、喉の渇きは限界に近付きつつあった。松山は藤生に席を譲り、ペットボトルに残っていた水を一気に飲み干した。

大きく息を吐き出し、藤生の発表を見守る。スクリーンには、ガリウムに関する基礎的な情報が表示されていた。

「ガリウムの原子番号は31で、ホウ素、アルミニウムと同じ第十三族元素です。単体は銀白色で、見た目は普通の金属です。半導体としての用途が主で、日常の中で活躍する元素と言えると思います。毒性も強くありません。ただ、ガリウムは融点が二九・七℃と低く、人の体温で溶けるという特徴があります」

「入手性はどうなのかな」と北上が尋ねる。

「特に規制などはないので、インターネットで簡単に購入することができます。値段はサイトによってまちまちですが、安いものだと一〇〇グラム八千円程度で販売されているところもあります」

「誰でも手に入れられる金属ってことだね。で、それがボルトから検出されたことをどう考えればいいのかな」

「ガリウムのもう一つの特徴として、他の金属への侵食力の強さが挙げられます。金属原子が並んでいるところに入り込んでいくんです。これにより元の結晶構造が崩れ、強度を低下させてしまいます。要するに、頑丈な金属を脆《もろ》くさせる効果があります。柵を止めていたボルトが折れたのも、この脆化《ぜいか》が原因だと考えられます」

「もちろん、そんなことが自然に起きるわけはないよね」

「ええ。明らかに人為的な細工です」と藤生が強く頷く。

そうなんだよな、と松山は思った。ガリウムという元素の存在は、転落事故が殺人である可能性を強く示唆している。

その推理は正しいという感触はあった。ただ、「なんか変だな」という違和感も同時に存在している。何が引っ掛かっているのか、松山はずっと考え続けているが、答えはまだ見えていない。

「分かった。念のために僕の方でデータを精査して、それを正式な分析結果とするよ。分析を依頼してきた捜査担当者には、保険金殺人の疑いあり、と伝えておくから」

「あの」と松山は小さく手を上げた。「これで捜査協力は終わりですか」

「求められていた役割は果たしたと思う。ただ、もうやることが何もないかと言えばそうでもないかな。これから警察では、保険金殺人の疑惑の発端となった、再婚相手の男性の転落事故について調べることになると思う。そっちでも協力できることがあるかもしれない」

「それなら、最後まで関わりたいです」と藤生。「捜査の方針を決めるような結果を出したわけですから、それに対する責任が発生すると思うんです」

藤生の意見に、「俺も同じ考えです」と松山は同調した。

自分の発見した事実が、多くの人間に影響を及ぼす――それは松山にとって初めての経験だった。それも、ちょっと行動が変わるというレベルではない。場合によっては人生が一変する場合もある。それだけのことをしたのだ。

データを出したことについての後悔はない。やるべきことをやっただけで、むしろ誇らしい気持ちが強い。

それでも、結果に対する責任は感じる。自分たちの行動がどういう結果をもたらすのか見届けたいという気持ちがある。あるいはそれは、好奇心と表現する方が近いようにも思う。

いずれにしても、藤生が自分と同じ気持ちでいることは心強かった。

「二人の意見は分かった」と土屋が口を開いた。「途中で手を引くのは嫌だ、という気持ちは理解できる。引き続き捜査に関われるよう、俺の方で話を通しておこう。北上も、引き続きサポートに回ってやってくれ」

「了解しました。僕としては異存はありません」

扱う事件が、過去から現在へと変わる。そのことを考えると鳥肌が立った。腕をこすり、松山は空になったペットボトルのキャップを締めた。

5

黒い服を着た大人たちが集まっている。

年齢は様々だ。老人もいれば、青年もいる。彼らは一様に神妙な表情を浮かべ、ぼそぼそと何かを囁《ささや》き合っていた。

自分はそれを低い視点から見上げている。

その光景で、藤生星良は夢を見ていることを自覚した。

——また、この夢。

頭の中に響く声は、今の自分のそれだ。幼い頃のものではない。

夢を見た翌朝、カレンダーに印をつけることにしている。だから、藤生は夢の回数を把握している。今までに、この夢を二百五十七回見た。約十四年でこの回数だから、月に一度以上のペースだ。

これが二百五十八回目ということになるが、目覚めたあとに覚えていないケースもあっただろう。あるいは毎晩、どこかの時間でこの光景を思い出しているのかもしれない。

夢の中の自分は、ただぼんやりと座敷に座っているだけだ。それが現実の自分の姿だったかどうかは分からない。ただ、近いことは経験しているはずだ。

黒い服の人々は時間を持て余している。することがないから、小声でどうでもいいことを喋っているのだろう。

夢の光景は、大きな変化もないままに終わりを迎えた。

ふと目を開けると、真っ白な光が飛び込んでくる。藤生は思わず顔をしかめた。夜、眠る時でも藤生は明かりをつけっぱなしにする。暗いと眠れないからだ。子供の頃からのこの習慣をやめたいと思っているが、何度矯正を試みてもうまくいかないので、半ば諦めている。

何度か瞬きをしていると、ぞくぞくとした寒気が背中を這《は》い上がっていった。夏用の薄手の布団はベッドの下に落ちていた。

藤生は大きく息をつき、額に手を当てた。少し熱っぽい気がする。喉にも違和感がある。明らかな風邪の前兆だ。

体調を崩しかけた時はだいたい、あの夢を見る。免疫機能がどう夢と結びついているのか定かではないが、大抵の場合、翌朝は不快感と共に目を覚ますことになる。

水分が不足している感覚がある。ベッドを降りて水を飲みに行くべきだ。頭では分かっていても、体が言うことを聞かない。

手を伸ばし、落ちた布団を引っ張り上げたところで腕から力が抜けた。

眠気が頭の芯を麻痺《まひ》させていく。

もう眩《まぶ》しさも気にならない。

また、同じ夢を見たりするのだろうか。

「……それは、嫌だな」

ぽつりと呟いた声はひどくかすれていた。

——まるで悪魔の囁きのようだ。

そんなことを思いつくと同時に、藤生は意識を失った。

6

六月一日、月曜日。ルミノール反応に関する基礎的な実験を終え、松山は午後四時過ぎに事務室に戻ってきた。

「ああ、松山くん。ちょうどよかった」

自分の席にいた北上が声を掛けてきた。

「どうしたんですか」

「例の保険金殺人疑惑の件、捜査の進捗状況を教えてもらったんだ。よかったら共有しようかなと思って」

「あ、そうなんですか。俺は全然ＯＫです。でも……」

松山は藤生の席をちらりと見た。彼女は体調不良で休んでいる。三七度台後半の発熱があり、咳も出ているという。夏風邪《かぜ》らしい。

「大丈夫。あとで藤生さんにもちゃんと話すよ。二人ともそれぞれ忙しいだろうし、わざわざこのためだけに集まってもらうのも悪いしさ」

それなら、ということで松山は中央のテーブルについた。

「ええと、今この事件の中心にいる人の名前は覚えてるかな」

「二年前に転落で亡くなった森内さんの奥さん……名前は確か、琴乃さんでしたっけ。その人ですよね」

「そう。現在の名前は倉橋琴乃さんだね」

松山はいったん自席に戻り、事件の資料を印刷したものを手に取った。

琴乃の再婚相手の名前は、倉橋修司《しゅうじ》となっていた。彼は不動産を扱う企業の経営者で、資産は三億円超だという。当然、亡くなれば相応の遺産が妻である琴乃に相続されることになる。ちなみに倉橋修司は初婚で、二人の間に子供はいない。

「松山くんたちが出したボルトの分析結果を受けて、本格的に捜査が始まったよ。倉橋琴乃さんに、毎日のように話を聞きに行ってるらしい」

「え、じゃあ、ボルトからガリウムが検出されたことをぶつけたんですか？」

「いや、それは切り札だからね。その事実はひとまず伏せているよ。二年前の事件に関しては、『森内さんを恨んでいた人物はいないか』とか、『当時住んでいたマンション近辺で不審人物を見たことはないか』とか、そういう質問が中心になってる」

「それに対しての回答は……」

「どちらも『心当たりなし』だそうだよ。あくまであれは事故だったと主張しているね。まあ、そりゃそうか、って感じだけど」

「そうですか……」

北上の話に、松山は小さな引っ掛かりを感じた。

あの転落事故が琴乃による殺人なら、嘘でも「誰かに狙われていた」と言うのではないだろうか。今になって警察が事故のことを蒸し返しているのだ。もし犯人なら、自分への疑いを逸らすための行動をするのではないか、という気がする。

ガリウムの件については、前にも違和感を覚えた。本当に保険金殺人なのだろうか。どうも何か見落としがあるような気がして仕方ない。

「警察の方はむしろ、もう一つの転落に注目している」と北上が再び話し始める。「今の夫である、倉橋修司さんが歩道橋の階段から落ちた事故だね」

「事故が起きたのは四月でしたよね」

「そう。四月二十五日の午前一時過ぎだね。夫婦二人で外食し、自宅に帰る途中で起きた事故だった」

「修司さんは未だに意識不明なんですか」

「ああ。担当医師の話だと、脳へのダメージが深刻で、再び目を覚ます確率はかなり低いみたいだ。残念だけど、修司さん自身から話を聞くのは望み薄だね」

「事故に至る経緯について、もう少し詳細に教えてもらえませんか」と松山は言った。

もらった資料には歩道橋から転落したことしか書かれていない。

「うん。問題の歩道橋は、品川《しながわ》駅の目の前にあって、倉橋夫妻が住んでいるマンションから近いんだ」

「転落したのは階段のどの辺りでしょうか」

「階段の上から二段目だね。中間地点に狭い踊り場があるけど、そこで止まらずに下まで落ちている。段数で言うと、三十段以上落ちたことになる。歩道のコンクリートで頭部を強打し、それで意識不明になってしまったんだ」

「転落中に手摺りを掴むことはできなかったんですね」

「そうだね。修司さんはその夜、二つの店を訪れている。一件目がイタリアンで、二件目はバーだ。そして、そのどちらでも飲酒をしている。転落した時もアルコールの影響はあったはずだ。ただし、血中のアルコール濃度は『ほろ酔い』レベルだった。階段の上り下りに支障が出るほどではないよ」

「修司さんの転落が、琴乃さんによるものだと疑われたのはなぜですか？　前の夫が転落事故で亡くなっていたからでしょうか」

「いや、目撃証言があるんだ」と北上は腕を組んだ。「事故の時、歩道橋の真下の歩道を歩いていた男性がいたんだよ。彼によれば、修司さんが転落する直前、言い争うような声を聞いたそうだ。修司さんは『やめろ』とか、『出ていけ』とか、そういうことを叫んでいたらしい」

「……それについて、琴乃さんはどう説明しているんですか」

「警察には、『夫が急に叫び出した』と話している。言い争いではなく、一方的に修司さんが大声を出したと主張しているね。彼女の証言が正しいとすれば、修司さんは一人で暴れて、それで階段を踏み外して転落した――ということになる。つまりは事故だ」

「それは何というか……奇妙ですね」

大学に入ってから、アルコールの飲みすぎで理性を完全に失った友人を何度か見たことがある。その中には、ガードレールを蹴りまくったり、奇声を上げながら自動販売機に体当たりしたりと、荒れ狂うサルのような行動を取った者もいた。

ただ、それはあくまで酩酊《めいてい》状態での奇行だ。ほろ酔いでそんな風になるというのはちょっと理解しがたい。

「琴乃さんの証言を信用するとしたら、転落前に異変が起きていたということになりませんか」と松山は思いついた可能性を口にした。

「例えば？」

「考えられるのは脳のトラブルです。血管や腫瘍が破裂して出血があり、それが脳を圧迫したことで、異常な行動を取るようになったとか」

「……うーん、どうだろうね」と北上が渋い表情を浮かべる。「そういう疾患の痕跡があれば、担当医が気づいたんじゃないかと思う。ＣＴやＭＲＩで脳の状態を確認しているだろうし、転落による脳へのダメージとは区別できるはずだよ」

「そうですか……」

「でも、発想としては可能性を感じるよ。捜査員を通じて担当医に確認を取ってみる」そう言って北上は微笑んだ。「松山くんは柔軟な考え方ができるんだね」

「自分のアイディアというより、どこかで見たドラマのワンシーンを思い出して、強引に重ね合わせてる、って感じです。海外の科捜研モノのドラマをいくつも見てるんで」

「へえ、それは趣味で？」

「そうですね。父親が好きだったので、その影響です。将来、科学捜査官になろうと思って予習していたわけではないです」

「でも、そういう経験は役に立ちそうだね」と北上が真顔で言う。「他に、何か考えられる仮説はあるかな」

「あとは、薬物ですかね。錯乱を引き起こすような薬剤を服用したから、普通だとあり得ない行動を取った……」

そこまで喋って、松山は「ないかな、さすがに」と自分で仮説を否定した。「血中の薬物の検査は行ってますよね」

「メジャーなものはチェックしてるだろうね。でも、可能性はゼロではないよ。昔、まったく未知の薬物が絡む事件を扱ったことがあるんだ。検査というのは、すでに知られている物質の有無を調べる作業だからね。知らないものを見落とすことは充分にありえる。ましてや今回は薬物の関与が疑われる案件ではないからね。詳細な血液検査は行っていないだろう。事故直後の修司さんの血液を取り寄せて、こっちで綿密に分析してみようかな」

北上は乗り気になっているようだ。それを見て松山は、「でも、可能性は低い気がします」と否定的な意見を口にした。

「どうしてそう思うんだい？」

「保険金殺人を計画したなら、薬物の服用のタイミングには慎重になると思うんです。外出中に効果が出る恐れがある時間帯は避けるんじゃないでしょうか」

「修司さんが自分の意思で服用したとしたら？」

「それは快感を味わうためですよね。だったら外出せずに一人で家にいる時に使うんじゃないでしょうか」

「なるほど。筋は通ってるね」

「すみません、変なことを口走ってしまって」

松山が軽く頭を下げると、「全然気にする必要はないよ」と北上は白い歯を見せた。「荒唐無稽に思えても、思いついた仮説をメンバーと共有することは大事だよ。思いがけない閃きが生まれて、それで真相が見えることもあるからね」

「そう言ってもらえるとやりやすいです。分室の時も、そんな感じだったんですか」

分室時代のことは以前から気になっていた。ちょうどいい機会なので尋ねてみる。

「そうだね。僕を含めて研修生は三人いたんだけど、全員歳が近かったから遠慮なく議論ができたよ。しかも専門分野がそれぞれ違うから、自分じゃ絶対に思いつけないような仮説がバンバン出てくるんだ。すごくエキサイティングだったよ」

そう語る北上の表情には充実感が窺えた。当時の日々を、掛け値なしに「いい経験だった」と受け止めているのだろう。

「ちなみになんですけど、基本的には分析と議論だけだったんでしょうか」

「ん？　どういう意味かな」

「犯罪現場に足を運んで証拠を探すことはあったのかなと思って」

「あったよ。割と多かった」

「そうでしたか。いま思いついたんですけど、修司さんが転落した歩道橋を見に行こうかなと……」

「気になることがあるんだね」

「というか、実際に見ることで気づけることもあるかなと思って」

「いいと思うよ。ずっと理学部一号館に籠っているのもつまらないだろうしね。一応、事前に予定だけ伝えてもらえればそれでいいよ」

ただし、と北上が人差し指を立てる。

「藤生さんと二人で行動してほしいんだ」

「それはどうしてですか？」

「発見の可能性を高めるため、というのが主目的かな。現場で意見交換することで、お互いに視野が広がるでしょ」

「ああ、なるほど」

「あとは単純に、二人に協力し合ってほしい、っていう気持ちもあるよ。研究室での卒業研究っていうのは、実社会の予行演習っていう側面もあると思ってる。コミュニケーション能力を磨くことも課題の一つだから」

「その辺は大丈夫です。藤生さんにも声を掛けるつもりだったので」と松山は言った。

依然として、藤生との間には壁があるように感じる。同じ課題に挑んだり、一緒に基礎トレーニングを受けてきたが、未だに仲間になれたという実感がないのだ。

藤生はこの関係性で充分だと思っているのかもしれないが、松山としては打ち解けるための努力をやめたくはなかった。

「さっそく彼女にメッセージを送ってみます」

松山はそう宣言し、カバンの中からスマートフォンを取り出した。

7

翌日。松山は午後二時過ぎに東啓大学を出た。

天候は曇りで、やけに風が強い。低気圧が関東地方に接近しているとのことで、夜から明日に掛けて荒れた天気になるらしい。

松山の隣には藤生がいる。五階建てのビルより高い街路樹が作り出す陰の中を、二人で並んで歩いていく。

「体調はどう？　昼はあまり食べてなかったみたいだけど」

　普段、松山は北上、藤生と共に学生食堂で昼食をとることが多い。今日の藤生は定食ではなくわかめうどんを頼んでおり、その半分以上を残していた。

「胃の方はまだ本調子じゃないみたい」と腹部を押さえながら藤生が言う。彼女はいつも、淡い色合いのシャツにジーンズという服装だ。ひらひらしたスカートは一度も見たことがない。実験室での動きやすさを重視しているのだろう。

「熱は？」

「大丈夫。咳も落ち着いてる。じゃないと、もう一日休むよ」

　確かに顔色は悪くない。強がりを言っているわけではないようだ。

　今日はこれから品川の転落事故現場に向かう。病欠明けにいきなり外での調査はどうかと思ったが、藤生自身がそれを望んだのでこうして二人で外出することになった。時間帯をどうするかは悩みどころだった。事故が起きたのは深夜だが、夜だと見落としが生じるリスクは高い。遅い時間に女性を連れてウロウロするのもどうかと思い、この時間にした。通学通勤の時間帯は外れているので、調査自体はやりやすいはずだ。

　大学を出て徒歩数分。丸ノ内《まるのうち》線の本郷三丁目《ほんごうさんちょうめ》駅から電車に乗り、東京駅で山手《やまのて》線に乗り替えた。

　昼間でも車内にはそれなりに人がいて、隣り合った席を確保することはできなかった。離れた座席に座り、しばらく電車に揺られる。

大学を出てから三十分。松山たちは品川駅に到着した。

高輪口《たかなわ》から外に出ると、幅の広い道路を渡った先に問題の歩道橋が見えていた。歩道橋の形状は複雑だ。上空から見ると橋梁《きようりよう》部分はL字型で、終端部分以外からも歩道に下りる階段が延びている。

転落事故が起きたのは、Lの文字で言うところの直角に曲がっている箇所の階段だった。さっそくそちらを見に行くことにする。

「ここの歩道橋、駅の大きさや利用者数の割に幅が狭いと思わない？」

「確かにね」と松山は同意した。大人二人でちょうどくらいの幅だ。大きな荷物を持っていたら、すれ違う際にどちらかが避《よ》けなければならないだろう。「全体的に古臭い感じがするし、かなり前に造られたものなのかもね」

端的に言えば、この歩道橋は野暮ったい。駅前の開発が進めば、景観の中で「浮いた存在」になりそうな予感がある。二十年後にはもう今の形では残っていないのではないかという気がした。

観光客と思しき外国人とすれ違いながら歩道橋を進み、事故が起きた地点に到着した。すでに事故からはひと月半が経過している。血痕や目撃情報を求める看板など、重傷者が出たという事実を窺わせるものは何も見当たらなかった。

階段の最上段から辺りを見回し、「……なんか、普通だね」と松山は呟いた。多少の窮屈さは感じるが、不注意で転落しかねないほど狭いわけではない。街路樹の枝が近接しすぎていることを除けば、どこにでもある歩道橋という印象だった。

「仮に殺人未遂だったとしてさ」と藤生が周囲を気にして小声で言う。「どうしてこの場所なのかな、って疑問はあるよね」

「それはあるね」と松山は同意した。

ここは駅に近く、飲食店もそれなりに多い。午前一時という時間帯であっても通行人はいるだろう。現に、事故が起きた時には歩道橋の下を歩いていた人がいた。明らかに目撃されるリスクが高い場所なのだ。保険金目当ての殺人を決行する場所にふさわしいとは思えない。

また、歩道橋の幅が狭いということは、手を伸ばせば手摺りや欄干に掴まりやすいということでもある。実際には転落事故が起きているわけだが、いざ突き落とそうとする際に、「助かりやすさ」を考慮しないとは思えない。夫が助かれば、殺人未遂で逮捕されて一巻の終わりになってしまう。絶対に失敗は許されないのだ。少しでも成功確率の高いシチュエーションを狙うか、それこそプロバビリティーの犯罪に委《ゆだ》ねようとするのが普通の発想ではないだろうか。

「ということは、やっぱり事故……？」

「うーん。罠を仕掛けたって可能性はゼロじゃないかもしれない」と松山は顎に手を当てた。

「例えば？」

「階段の途中に、傘袋を置くとか。雨の日に店頭に置いてあるやつ」

「ああ、透明の……。確かにあれはよく滑るね。でも、事故があった日は一日中晴れだったと思うよ」

「じゃあ違うか……」

小さく息をつき、足元に目を落とす。そこで松山はタイルに散っている薄茶色の染みに気づいた。

「あれ、これなんだろう」

「ガムのポイ捨て……いや、違うかな」と藤生がその場にしゃがみ込む。「油……でもないね。色素っぽい感じ」

「誰かがスプレーで落書きしようとしたとか？」

松山は軽く辺りを見回したが、そんな形跡は見当たらない。

「一応採取して調べてみる？　かなり時間が経ったし、何回か雨も降ったから、トリックの痕跡が残っている可能性は低いけど」

「まあ、やるだけやってみようか」

「了解。どうやって採取しようかな……」

藤生が思案顔で立ち上がる。

その時、ごうっと大きな音を立てて突風が吹いた。歩道橋のすぐそばまで枝を伸ばした街路樹が揺れ、枯れた葉がぽろぽろと落ちてきた。

「やだ、もう」

藤生が肩についた枯葉を払う。

その様子を目にした瞬間、「あっ！」と松山は声を上げていた。

思わず飛び出した大声に、歩道から上がってきた通行人が怪訝な表情を浮かべる。

周囲から人影が消えるのを待ち、「ひょっとしたら、今みたいなことがあったのかも」と松山は言った。

「今みたいな、ってどういうこと？」

「あの夜、倉橋夫妻がここを通り掛かった時に、強い風が吹いた……」松山は左手に迫る街路樹を見つめながら言う。「そして、木から落ちた何かが修司さんの体に付着した。それに慌てた彼は、付着したものを払おうと手を振り回し、バランスを崩して転落してしまった……」

街路樹の枝の中には、先端が切り落とされているものもある。それはつまり、もっと枝葉が伸びていた時期があった、ということだ。いま以上に頭上から落下するものが多かったとしても不思議ではない。

「ありうるかも。事故の直前、修司さんは『やめろ』とか、『出ていけ』とか、そんな言葉を叫んでいたんだったよね」

「そうだね。『出ていけ』ってことは、服の中に入り込んだんじゃないかな」

「小枝や枯葉じゃない。生物だ」藤生は確信めいた口調で言い、再び足元の染みに目を向けた。「やっぱりこれ、調べてみよう」

「だね。藤生さんに任せるよ」と松山は言った。「たぶん、君の得意分野だと思う」

「ありがとう。やってみる」

藤生が微笑む。それは今まで見た中で、一番自然な笑顔だった。

8

翌週、六月八日の月曜日。松山は藤生が書いた報告書を読んでいた。倉橋修司の転落についての調査をまとめたものだ。

転落の原因は、街路樹から落ちてきた「何か」にあるのではないか——その仮説は事実を見事に言い当てていた。

歩道橋のタイルの染みを分析した結果、エノキハムシという昆虫のＤＮＡが検出された。透明に近い薄黄色をした成虫は体長九ミリほどで、四月から五月に掛けて幼虫が発生することが知られている。タイルの染みは落下した幼虫を通行人が踏み潰した際に付着したものと推測された。

そこで、倉橋が転落時に着ていた服を調べたところ、シャツの内側から同じエノキハムシのＤＮＡが検出された。このデータにより、「落ちてきた虫に驚き、バランスを崩して転落した」という仮説が正しいことが立証された。

つまり、倉橋の転落は純然たる事故であり、生命保険金を狙った殺人未遂ではなかったと証明されたことになる。

報告書を読み終え、松山は「完璧だと思うよ」と藤生に声を掛けた。提出前に目を通してほしいと頼まれて読んだのだが、修正箇所は見当たらなかった。

「そう？　じゃあ、これで北上さんに送るよ」

「悪いね、全然手伝えなくて」

「いいよ。実験は私が担当したし」

「これで事件は解決……と言いたいところだけど」松山はため息をついた。「まだ、一件目の方があるんだよね」

ボルトから検出されたガリウムの出どころを突き止める――それが松山たちに残されたもう一つのミッションだ。

こちらについては、警察のみならずマンションの管理会社も再調査を検討していると聞いている。もし事件が殺人なら、裁判を起こして和解時の賠償金を取り戻せる可能性があるからだろう。

「三鷹の現場を見に行ってみる？　また何か見つかるかも」

藤生の提案に、「どうしようか」と松山は腕組みをした。「調べると言っても、さすがに時間が経ちすぎてるからね……」

「無駄足に終わるかな」

「その可能性は高いと思う。でも、直接足を運ぶことで閃きが訪れるかもしれない」

「閃くって、事件の真相が？」

「というより、違和感の正体かな。ガリウムが検出されて、転落事故が人為的なものだって分かったわけだけど、どうもしっくりこなくて」

「具体的にどこが気になってるの？」

藤生に訊かれ、松山は頭を掻いた。

「ずっと考えているんだけど、うまくまとまらないんだ」

「北上さんに相談はしてみた？」

「あ、いや、まだだけど」

「ということは、もちろん土屋先生には……」

「何も言ってない」と松山は答えた。土屋は相変わらず忙しそうにしている。なんでも、近いうちにＮＨＫが環境分析科学研究室の取材に来るらしい。環境問題を考える真面目な番組で、日本のトップランナーという形で紹介されるそうだ。土屋はその対応に追われていると北上は言っていた。

「今回の事件のこと、先生はどう考えているんだろうね」と藤生がドアを見つめながら呟いた。「もう終わりってことでいいのかな」

「どうかな……」と松山は首をかしげた。全員が揃ってのミーティングは行っていないが、実験のデータは共有している。

「緊急性が低いから、やる気がないのかも」

「そこはあんまり関係ないんじゃない。配属されてからずっとこんな感じだし」

「確かに……」藤生は膝の上で手を組み合わせ、大きく息を吐き出した。「頼って大丈夫なのかな……」

「え？　何の話？」

「ううん、ごめん、独り言」と藤生が首を振る。

藤生はどうやら、土屋に対して失望しかけているようだ。もしそうだとしたら残念なことだと思う。あの推理の切れ味。科学捜査員を目指す上で、藤生が土屋から学べることはまだまだあるはずだ。他人事ながらそう思わずにはいられない。

と、その時、事務室にいきなり土屋が現れた。彼のことを考えていたので、松山は思わず「えっ、どうしてここに」と口走っていた。

「ああ、いや、君らを労《ねぎら》わないといかんと思ってな」と土屋が申し訳なさそうに言う。「エノキハムシの件、ご苦労だったな。見事な成果だ」

「ありがとうございます」と藤生が微笑む。その切り替えの素早さに松山は舌を巻いた。さっきまで土屋本人のことで愚痴っていたとは思えない。

「で、問題は一件目の方だが。どうする。まだやるつもりか？」

「……そうですね。ここで手を引くと中途半端ですし」と松山は言った。

「そうか。ただ、ここから先は地道な作業になるからな。刑事に任せてしまってもいい気がする。聞き込みの技術まで学ぶ必要はないだろう。そもそも、ガリウムが検出された時点で保険金殺人の可能性はほぼ除外されたわけだしな」

「……倉橋琴乃さんは無関係だということでしょうか」

藤生の質問に、「説明しただろ？」と土屋が怪訝そうに言う。明らかに話が嚙み合っていない感覚があった。

「聞いていません」と藤生が首を振る。微《かす》かに眉間にしわが寄っていた。

「あ、そうなのか。話したつもりだったが、俺の勘違いだな」

「なぜ保険金殺人ではないと断言できるのでしょうか」

「転落事故のあと、被害者の妻は管理会社を相手取って裁判を起こしている。もし事故を装った殺人なら、そんな真似をするはずがないんだ。裁判の過程で綿密な調査が行われて、ボルトの破損がガリウムのせいだと判明する可能性は充分に考えられる。そのリスクを負ってまで裁判をやるとは思えない。裁判が行われたという事実が、妻の潔白を証明しているんだよ」

「ああ、なるほど……」

土屋の説明で、松山はようやく自分の中にあった違和感の正体を知った。引っ掛かっていたのは裁判のことだったのだ。

「先生の推理は正しいと思います。ただ、ボルトにガリウムを染み込ませた犯人がいるのは確かです」と藤生が神妙に言う。

「別の人をターゲットにした殺人計画だったということでしょうか？」

松山は思いついたことを口にしてみた。ガリウムでボルトを脆くしたのはやはり殺人トラップで、亡くなった森内は、他の人間を転落させるための罠に引っ掛かってしまったのだろうか。

「どうだろうな。手口として成功の期待値が低すぎるように思う。それよりはむしろ、偶発的な事故の可能性が高いんじゃないか」

「でも、使われたのはガリウムですよ。偶然というのは……」

「分かってる。だから、何らかの意図があったはずだ。ガリウムを何に使ったのか。そこから原因の絞り込みができるはずだ」

「例えば、理科の実験とか……」と松山は言った。授業で使う教材としては面白そうだ。生徒も興味を持つだろう。

「それは候補になるな。それ以外だと、マジシャンというのもありうる。体温で溶けるガリウムは、スプーン曲げの手品に使われることもあるからな」

「そういった用途で買った人が、どうしてボルトを脆化させようと考えたんでしょうか？　悪意しかないように思うのですが」

藤生の質問に、「子供の仕業じゃないか」と土屋は答えた。

「子供が家に転がっていたガリウムを持ち出して、踊り場で溶かして遊んでいた。柵のボルトは錆びていたんだろ？　見た目をきれいにしようとして、溶けたガリウムを塗ったとしてもおかしくない。それがボルトの内部に染み込んだ結果、事故に繋がったんじゃないか」

思いがけない推理だったが、言われてみるとそうではないか、という気がした。少なくとも、「なぜ殺人の方法として不確実すぎる手段を選んだのか」という疑問の答えにはなっている。答えはシンプルだ。「人を殺すつもりはなかった」のだ。

「理科の教師もしくは手品師で、子供がいて、事故があった時に五階付近に住んでいた……これでかなり絞り込めますね」

「ああ、職業について、もう一つ思いついた可能性があるぞ。まあ、『それ』で収入を得ているかどうかは分からないが」

土屋はそう言って、自分の考えを披露した。

9

自室で液晶モニターと向き合っていると、チャイムの音が聞こえてきた。誰かが訪ねてきたようだ。

どうせ宅配便だ。誰かが出るだろうと思い、野々村育郎は作業を再開した。

そのままカチカチとマウスを操作していると、今度は部屋のドアがノックされた。

「お父さん、誰か来たよ」

部屋の外から、息子の声が聞こえた。ドアが閉まっている時は部屋に入るなと厳命している。以前、勝手に入り込んで仕事道具を壊したことがあったからだ。

「なんだよ、もう」

椅子から立ち上がり、野々村はドアを開けて廊下に顔を突き出した。

「お客さんだよ。宅配便じゃなかった」

こちらの考えを読み取ったかのように、息子が言う。

「お母さんは？」

「まだ仕事から帰ってないよ。お父さん、出てよ」

「相手によるな。どんな人だった？」

「黒いスーツを着てる男の人。弁護士だって言ってたけど」

「……ホントか、それ？」

「分かんないよ」と口を尖らせ、息子がリビングに入っていく。野々村は舌打ちをして、玄関の方に目を向けた。今はドアは閉まっている。

「弁護士？　偽者じゃないだろうな……」

頭を掻きながら玄関に向かい、念のためにチェーンロックを掛けてからドアを開けた。

マンションの外廊下に、スーツ姿の男性が立っていた。名前は思い出せなかったが、その顔には確かに見覚えがあった。マンションの管理会社が雇った弁護士だ。二年前の転落事故に関して、何度か事情を聞かれたことがある。

「どうも、いきなりすみません」

「どうされたんですか？」

「二年前の転落事故の再調査を行っていまして。すみませんが、中に入れてもらえませんか。すぐに済みますので」

「……分かりました」

夕方の時間帯に玄関先で話をしていたら、近隣の住人に目撃されかねない。変な噂が立つのも嫌だったので、野々村はチェーンロックを外した。

「ありがとうございます。さっそくですが、これを見ていただけますか」

弁護士の男性がタブレット端末を差し出す。画面には見覚えのあるサムネイルが表示されていた。それは、野々村が二年前にYouTubeに投稿した動画だった。

野々村は会社をクビになってから、YouTubeへの動画投稿を始めた。いわゆるユーチューバーというやつだ。「ののパパ」という名前で活動しており、自身が「面白い」と感じたものを紹介する動画を投稿し続けている。扱うアイテムのジャンルは特に問わない。おもちゃ、アニメ、食べ物、家電、文房具……とにかく、視聴者が食いつくものなら何でも題材にしてきた。

チャンネル開設からおよそ二年半。始めた頃はとにかく毎日一本は動画を上げるように努力していたが、最近は投稿ペースを落とした。量より質で攻めた方が、バズる動画を狙いやすいと分かったからだ。再生数が千回の動画十本よりも、一万回再生されるものが一本ある方が価値は大きい。

戦略変更が成功し、チャンネル登録者数は大きく伸びた。最初は数百人で低空飛行していたが、現在は七万人近い人数になっていた。月の収益も、調子がいい時は三十万円を超える。まずまず成功しているといっていい部類だと自己評価している。

「こちらは、野々村さんの作成した動画で間違いありませんか」

弁護士がやけに真剣な様子で訊いてくる。状況を呑み込めないまま、「そうですが……」と野々村は頷いた。

「動画の中で、何を扱われたか覚えていらっしゃいますか」

「それは、タイトルを見た時にすぐに思い出しました。ガリウムの話ですよね」

自分が作成した動画のことはどれも記憶に残っている。この動画のタイトルは、『自然界の奇跡　溶ける金属！』だ。動画の中ではガリウムという物質を紹介した。手の中で温めるだけで柔らかくなる、不思議な金属だ。

「そうです。そのガリウムは、野々村さんが購入されたものでしょうか」

「あ、はい。ネットで買いましたけど」

「動画撮影に使用したあとは、どのように処分されましたか？」

「え？」

思いがけない質問に、頭が真っ白になる。動画で紹介した商品は、基本的にはネットオークションで売りに出す。手元に置いておいても意味がないし、そもそも保管スペースが限られているからだ。

ただ、最近のものはちゃんと管理しているが、二年前はどうだっただろうか。あの頃はとにかく動画の本数を増やすことばかりを考えていて、手当たり次第にネタになりそうなものを買っていた。編集作業が忙しく、片付ける時間が取れなかったため、それらは長期間にわたって撮影部屋の片隅に放置していた。去年になってようやく整理を完了したが、商品がいくつか消えていても気づかなかっただろう。

「ちょっと……覚えていないですね」と野々村は絞り出すように言った。

「そうですか。いえ、実はね、二年前の事故について科学警察研究所の方で再検討を行った結果、柵を固定していたボルトからガリウムが検出されたそうで。そのせいでボルトが折れた可能性が高い、という結論になったらしいんですよ」

「……それは」

ふいに、息子の顔が脳裏をちらついた。

母親が不在で野々村が編集作業に没頭している時、息子はいつも一人で時間を潰していた。マンションの非常階段で遊んでいるところを見た、という話を隣戸の老女から聞かされたこともあった。

もし息子が撮影部屋でガリウムを見つけたとしたら、きっと面白がって持ち歩いただろう。溶かして撒《ま》いて遊んだかもしれない。当時の息子は七歳だ。遊んだあと、ガリウムをちゃんと片付けただろうか？　たぶん放置しただろう、と野々村は思った。

「ガリウムの出どころについて警察に問い合わせたところ、いくつかの仮説を教えていただきまして。その中に、『科学実験動画に使ったもの』という説があったんです。それで野々村さんのことを思い出したんです」

「……改めて裁判をやるつもりですか」

そう尋ねる声が震えた。

「検討はしています。ただ、あなたが購入したガリウムと、柵のボルトから検出されたガリウムが同一であることを証明するのは現実的には厳しいだろうと思っています」

「じゃあ、どうしてこんな話を……？」

「個人的に、あなたには真相を知っていてもらいたいんですよ。責任云々《うんぬん》をどうこう言うことはしません。不幸な事故だと思います。ただ、事故の責任を取らされた管理会社の担当者のために、そして何より亡くなった森内裕孝さんのために、この話をしておくべきだろうと思っただけです」

弁護士は「では、これで」と一礼して丁寧にドアを閉めた。

一人になった途端、体の力がふっと抜けた。

野々村は壁に手を突き、強く目を閉じた。

ユーチューバーになろうと思ったきっかけは、息子が将来の夢としてその仕事を一位にしていたからだ。一攫《いっかく》千金を夢見たわけではない。息子に尊敬されたい。根本にあったのは、そのシンプルな想いだった。

「……なんで、こんなことに」

野々村はかすれ声で呟いた。自分の行為で、一人の人間の命が失われた。その事実の重さに眩暈《めまい》がする。

これからも、カメラの前で「愉快なおじさん」を演じ続けられるか、まったく自信がなかった。

10

「そろそろ、いいかな……」

時刻が午後八時を迎えたところで、松山はスマートフォンを手に取った。

松山はワンルームで暮らしている。リビングであり、ダイニングであり、寝室でもある八帖の洋室には今、夕食のミートソースの匂いが漂っている。

その匂いを体内に取り込むように深呼吸をしてから、実家に電話をかけた。

スマートフォンを耳に当てて待っていると、すぐに電話が繋がった。

「どうしたの、悠汰。そっちから電話なんて珍しいじゃない」と母親が言う。いつも通りの声にホッとする。元気そうだ。

「うん、ちょっとね」

「学校の方はどう？　卒業研究は忙しいんじゃないの。体調を崩してない？」

矢継ぎ早に母親が質問を投げ掛けてくる。母親は昔からせっかちな性格だ。会話のペースが速く、一方的に向こうの話になることも多い。

会話の主導権を主張するように、「割と充実してるよ」と松山は声に力を込めた。

「科学捜査の研究をやってるんでしょ？　どんな風に過ごしてるの？　殺人事件の現場に行ったり、鑑識作業に立ち会ったりした？」

「そんな、ドラマみたいなことはしないよ。現場には足を運んだけど、殺人じゃなくて事故だし」

「でも、大学の外で活動することがあるのね。面白そう……っていうと不謹慎かしらね」

「そんなことはないよ。俺も気負わずに楽しんでやってるし」

そう返して、松山はベッドに腰を下ろした。

「……それで、これからのことなんだけど。いろいろ考えて、大学院に進むことに決めたよ」

ひと息に言って、松山は相手の反応を待った。

「ちゃんと報告してくれてありがとう」と母が言う。「悠汰が決めたことなら、お母さんはいいと思うよ。たぶん、お父さんも賛成すると思う。あとで話してみて」

「もちろんそのつもりだけど」

「東啓大の理学部の学生は、八割以上が院に進むんでしょ？」

「うん、だいたいそれくらいだね」

「それを聞かされていたから、悠汰もそうするつもりなんだって思ってた。就職活動をしてる気配もなかったしね」

どうやら松山の決断は、母親にとっては織り込み済みのものだったようだ。

「学費とか生活費とか、負担を掛けることになるけど……大丈夫？」

「そんなの全然心配しなくて平気よ。先々のことを考えて貯金してるから。ちなみに、大学院は何年あるの？」

「修士課程が二年で、博士課程が三年。あ、でも、博士まで行くかどうかはまだ決めてないよ。修士が終わったところで就職するのが普通ではあるけど……」

「研究が面白かったら、ずっと大学に通い続ける可能性もあるってことね」

「……うん。そうなるかな」

「今の研究室にずっとお世話になるつもりなの？」

「そうだね。……科学捜査の仕事を目指すって決めたわけじゃないけど、面白さは感じてる。興味があって、それで研究を続けたくなった、って感じかな。……ごめんね、優柔不断で」

「悠汰は昔からそうだから」声の調子で、母親が微笑んだことが分かった。「確かに将来の夢の話は聞いたことがないけど、なんだかんだで結果は残してるじゃない。大学だって一発で合格したわけだし」

「まあ、勉強自体は嫌いじゃないから」

「それで充分でしょ。そんな風に言えることがすごいの。私は何も心配してないよ。最終的にはちゃんと答えを出せるって信じてるから。その時その時で、一番面白いと思えることをすればいいんじゃないかな」

母親の言葉が胸に沁み込んでいく。その温かみを感じつつ、「ありがとう」と松山は言った。

進路の話はいったんそこで終わり、母親の雑談が始まった。いろいろと話題を溜め込んでいたらしく、父親に替わる気配はない。

松山は母親の話に相槌を打ちながら、研究室のメンバーのことを考えた。大学院に進むと決めたことは、まだ誰にも伝えていなかった。

進学宣言をしたら、三人はどんな反応を見せるだろうか。

北上はきっと喜ぶだろう。「これからも一緒に頑張っていこう」と笑顔で歓迎してくれる気がする。

土屋はクールに受け止めそうだ。「そうか。じゃ、院試を頑張れよ」くらいの感じでさらりと受け流すのではないだろうか。

藤生はどうだろう？　反応が予想しづらいが、大きなリアクションは取らないだろう。ほとんど表情を変えずに、「松山くんが決めたんなら、それでいいんじゃない」なんてことを言いそうだ。

この進路選択は、間違いなく今後の人生に大きな影響を及ぼすだろう。どんな未来が待っているかを具体的に思い描くことはできていないが、松山は楽観的に考えていた。

松山は、自身が常に最適な進路を選び取ってきたと思い込むようにしていた。通学に一時間以上掛かる私立高校に決めたことも、親元を離れて東京の大学を選んだことも、結果的には正解だった。そう信じている。

だから、大学院に進んでからも、未来について悩む必要はないはずだ。「今」を精一杯楽しんでいれば、自《おの》ずとベストな進路が見えてくるだろう。

この楽観主義が、もしかしたら自分の一番の長所かもしれない。そんなことを考えながら、松山は母親の話に耳を傾け続けた。

第三話　隠匿されたデッドリー・ポイズン

1

榎戸元直《えのきどもとなお》は一人で夜の住宅街を歩いていた。

夕方まで続いた雨の影響で、じっとりとした空気が漂っている。まるで霧の中にいるような気分だった。

時刻は午後九時を回ったところだが、緩やかに続く上り坂の左右の家々は静まり返っている。明かりが消えている家の方が多いくらいだ。この地域には老人ばかりが住んでいると聞いたことがある。かなり就寝が早いのだろう。

じめっとした街を歩いていると気が滅入ってくる。本音を言えばタクシーを使いたいところだったが、そんなことをすれば相手から「タクシーに乗る余裕があるのか？」と嫌みを言われるに決まっている。徒歩以外の選択肢はない。

額の汗を拭きながら進んでいくと、ひと気のない公園が見えてくる。そこを通り過ぎ、右に曲がる。

そこで榎戸は足を止め、大きく息をついた。

トラックがぎりぎり入れる、狭い道。ここから坂道の傾斜が急になる。道路の両側には民家のブロック塀が続いており、圧迫感がある。ここにやってくるたびに、榎戸はスキージャンプの競技場を思い出す。

引き返したいのは山々だったが、月に一度の呼び出しを無視することは許されない。覚悟を決め、榎戸は坂道を上り始めた。

榎戸は今年で六十五歳になる。生活のあちこちで老いを感じることが多いが、数年前よりは歩いても息が切れなくなった。これほどの坂道でも膝が痛むこともない。その理由は健康に留意し、適度な運動をしているから……ではない。単純に体重が減り、足腰への負担が軽くなっただけだ。意図的にダイエットをしたわけではなかった。食事に使える金が減り、外食や飲酒をやめた結果、勝手に痩せていったのだ。

それでも、続けて足を動かしているとさすがに呼吸が荒くなってくる。呼吸機能は着実に衰えてきているようだ。榎戸は途中で何度か立ち止まりつつ、一〇〇メートルほどの坂を上り切った。

辺りに街灯はない。他の家からのわずかな明かりに、屋敷のシルエットがぼんやりと浮かび上がっている。レンガ造りの、二階建ての洋館……。この建物は元々はドイツにあったもので、最初に建てられてから百七十年が経過しているという。

洋館は長らく無人のまま放置されており、取り壊される予定になっていた。ところが、榎戸の兄が旅先でこの建物を見掛け、ひと目で気に入ってしまった。その入れ込みようは異常ともいえるほどで、兄は洋館を買い取った挙句、可能な限り昔のままの姿で日本に移築した。それが去年の秋のことだった。

地震で壊れないように補強はしているが、内装も外装もドイツにあった頃と変わっていないようだ。兄はそのことを毎回必ず自慢してくる。

鉄の門扉を開け、芝生の広がる庭に敷かれた石畳の上を進む。

庭のあちらこちらに、二メートルほどの高さの棒が立っていた。その先端には監視カメラが取り付けられており、絶えず家の周囲を撮影し続けている。この家は日本では明らかに異質だ。おそらく小学生でも、「金持ちが住んでいる」と気づくだろう。兄は当然そのことを理解しており、以前から不審者を強く警戒していた。

玄関にたどり着き、チャイムを鳴らそうとしたところで、分厚い木の扉が開いた。闇の中に光が溢《あふ》れ出す。邸内の照明を後光のように背負っているこの男が、榎戸の兄の康夫《やすお》だ。

ひと月ぶりに会うが、相変わらず健康そうだ。七十歳を迎えたというのに、十年前と肌つやが変わっていない。よほどいいものを食べているのだろう。うらやましいことだ。

康夫は榎戸の顔を見つめたまま黙り込んでいる。その目はどこかうつろで、焦点が合っていないように見えた。

「……どうしたんだ？　寝起きか、兄貴」

榎戸が声を掛けると、康夫の表情にぱっと生気が戻った。

「第一声がそれか」

康夫はそう言って、榎戸の顔をぐっと睨みつけた。

「な、なんだよ」

「親しき仲にも礼儀あり、という言葉を知らないのか？　俺はお前に大金を貸しているんだぞ。こうして顔を合わせたらまず、『返済が遅れてご迷惑をお掛けしております』と謝罪するのが筋ってものだろうが」

「いや、それは……」

借金のことを持ち出され、榎戸はうつむくしかなかった。

康夫は金融業――平たく言えば他人に暴利で金を貸し、その利息で目も眩《くら》むほどの財産を築き上げた。どれほどの資産を持っているのか知る由もないが、ただの思い付きでドイツから東京に洋館を持ってこられるほど、金に余裕があるのだろう。

子供の頃から自分にも他人にも厳しい人間だったが、金貸しを始めてから康夫は鬼になった。聞くところによると、相手が土下座しようが泣き喚《わめ》こうが、決して借金の返済期限を先送りにすることはなかったらしい。

他人から金を巻き上げ、幸せすらも奪い取るような人生を送ってきた反動か、康夫はこの歳になるまで一度も結婚したことがない。もちろん子供もいない。ずっと一人暮らしだ。

「さっさと上がれ。うだつの上がらないお前のために、借金の返済計画を考えてやった。俺の言う通りにすれば、十年以内に五千万円を返しきれる。他人に劣るその脳みそでも分かるように説明してやるから、よく聞いておけ」

「ちょ、ちょっと待ってくれよ。今、五千万って言ったか？」

「そうだ。お前の借金額だ。正確には、五千飛んで三十二万円だな」

「いや、それは三年前の額だ。去年と今年で、合わせて二千万返済しただろう。利子を含めても三千万円台のはずだぞ」

「お前、情けないと思わんのか。落語の『時そば』じゃあるまいし、そんな嘘に引っ掛かるわけがないだろうが」

「そんなすぐバレるような嘘をつくわけないだろ。勘違いしてるのは兄貴の方だって。帳簿を確かめてみろよ」

「ふん。一丁前に偉そうなことを。金を借りてる事実は変わらんだろうが」

康夫は吐き捨てるように言うと、榎戸に背を向けて廊下を歩き出した。

その痩せた背中を見た瞬間、これまでに感じたことのない強烈な殺意が湧き上がってきた。

経営する焼肉店の売り上げが落ち、やむなく兄から借金をしてから四年が経った。

その間、毎晩のように康夫の死を願い続けてきた。心の中で「死んでくれ」と呟いた回数は、夜空の星の数よりも多いかもしれない。

だが、本気で殺そうと思ったことはさすがになかった。肉親への愛情が邪魔をしていたわけではない。兄は、金貸しという、生き馬の目を抜くような世界で卓越した結果を残し続けてきた。そんな人間に勝てるはずがない、という思い込みが殺意を封じ込めていたのだ。榎戸はようやくそのことに気づいた。

こんな老いぼれなら、簡単に殺せるじゃないか。

兄が死ねば、自由と金が手に入る。それは眩暈がするほど魅力的な思い付きだった。

「おい、何を突っ立ってるんだ」

康夫が振り返り、怪訝そうに言う。

「いや、内装の豪華さに見惚《みと》れていたんだ」

榎戸は心にもないことを言い、靴を脱いで廊下に上がった。

2

六月二十二日、月曜日。松山は科学警察研究講座の事務室で、核磁気共鳴《NMR》で測定されたチャートを読み解く作業をしていた。

四年生に上がり、研究室での活動が主になったが、普通の講義がすべて無くなったわけではない。平均すると一日に二コマほど講義があり、課題が与えられることもある。いま取り組んでいるのは、構造生命化学という授業で出た宿題だった。

NMRは大雑把に言えば、対象となる物質の元素の位置関係を調べる分析法だ。外から磁場を与えた時、近い位置にある特定の原子の間で共鳴が起きる。この共鳴を測定し、グラフにしたものを読み解くことで元の構造を推定できる、という仕組みだ。

課題として与えられたのは、五つのアミノ酸が直線状に連結された分子のチャートだった。アミノ酸の種類は明らかにされているので、並び順だけを決定すればいい。

NMRチャートの解読を毛嫌いしている同級生もいたが、松山は割と楽しく取り組んできた。解く感覚はパズルに近い。9×9の正方形の枠内に1～9の数字を正しく配置する、ナンバープレースと呼ばれるパズルを彷彿《ほうふつ》とさせる。

ただ、今日はどうにもうまくいかない。頭が働いていない感覚がある。集中が長続きしないのだ。

これ以上続けても時間の無駄だ。そう判断し、松山はシャープペンシルを置いた。

大きく息をついたところで、「今日はため息が多いね」と藤生に声を掛けられた。

「体調がよくないとか？」

事務室には今、藤生がいるだけだ。松山は「いや、宿題で苦労しているだけだよ」

と首を振った。

「どういう宿題？」

「NMRチャートの解読」

「私は習ってないやつだね」と藤生が申し訳なさそうに言う。「アドバイスは無理かな」

松山と藤生は所属している学科が違う。カリキュラムが異なるため、同じ理学部でも学んできた内容は異なる。

「たぶん、アドバイスをもらっても頭に入ってこないよ。今日は全然集中力がないんだ」

「……もしかして、新しい依頼のことが気になってる？」

上目遣いに藤生が訊く。「まあね」と松山は頬を指で掻いた。

今日の午後二時から、次に取り組む捜査協力案件の話がある。事件の詳細はまだ教えてもらっていないが、人が亡くなっており、しかも発生からまだ二週間ほどしか経っていないという。当然未解決で、複数の刑事が捜査に当たっている。

犠牲者がいる、現在進行形の事件を扱うのはこれが初めてだ。どうしても事件の内容が気になってしまう。集中が続かないのはそのせいだった。

「まだ引き受けると決まったわけじゃないけど、やるとなったらどういう心構えでいればいいのかな」

「どうかな」と藤生が眉根を寄せる。「変に気負う必要はないと思うけど、冷静でいられる自信はないかな、私も。すでに微妙に心拍数が上がってるし」

「藤生さんも緊張してたんだ。全然そんな風に見えなかった」

「緊張っていうか、いつも以上に気合が入ってる。なんて言うんだろう、プロの科学捜査員の仕事を手伝うのならちゃんとしなきゃ、って感覚かな」

藤生はそう言って、自分の手の甲を見つめた。彼女は常に爪を短く保っている。爪が長いと実験作業の邪魔になるからだ。

「より重要度の高い事件に関わるチャンスが舞い込んできたのは、俺たちがこれまでにやってきたことが評価された……ってことだよね」

「それはそうだと思う」と藤生が頷いた。「ただ、研究室全体じゃなくて、土屋先生への信頼がまた高まっているだけかもしれないけど」

「まあ、それはありそうだね」

土屋はかつて、科警研のホームズと呼ばれるほどの活躍を見せていた。その評判は今も忘れられてはいないのだろう。新たにスタートした科学警察研究講座でも、着実に実績を上げている。どうやら能力は衰えていないようだ――。そんな判断がなされたと考える方がしっくりくる。

と、そこで事務室のドアが開き、北上と土屋が揃って部屋に入ってきた。反射的に時計に目を向ける。壁の掛け時計は午後一時四十分を指していた。

「よかった、二人とも揃ってた」と北上がホッとした表情を浮かべる。「予定より早いんだけど、今からミーティングを始めてもいいかな」

「急に外出しなきゃいけなくなってな」と土屋。「いきなり、環境省の総合政策課長から呼び出されたんだ。別の日にしてくれって言ったんだが、聞き入れてもらえなかった。すまないな」

「私は今からでも大丈夫です」

「俺もです」と言って、松山は唾を飲み込んだ。

いつものように四人でテーブルにつく。配られた資料はA４のコピー用紙を三枚綴じただけのものだった。正式に依頼を引き受ける前は、こういった簡易的な資料で検討するルールになっている。情報漏洩を防ぐ観点から、関係者の名前や現場の住所は伏せられている。

概要にさっと目を通す。事件が起きたのは今から十日前。亡くなったのは七十歳の男性で、自宅の廊下で息絶えていたという。

遺体の第一発見者はハウスキーパーの女性で、いつも通りに午前八時に家を訪ね、そこで変わり果てた家主を見つけた。彼女は一日おきに訪問し、男性の身の回りの世話をする契約になっていた。合鍵を持っており、それで玄関から中に入ったそうだ。なお、遺体発見時はすべての窓とドアが施錠されていた。

男性には特に持病はなく、通院歴もなかった。それにもかかわらず、病院での死亡時の所見では明確な急性腎不全の症状が見られていた。

腎臓の機能が低下すると、塩分や水分の排泄《はいせつ》ができなくなり、体内にそれが蓄積する。それが血圧の上昇を引き起こし、下肢のむくみや意識の混濁が生じ、最終的には心臓が停止したものと推測された。

では、なぜ急性腎不全が起きたのか？

それを明らかにするために病院で男性の血液を詳細に調べたところ、高濃度のヒ素化合物が検出された。その濃度は一般的に許容される量の数十倍にも及んでおり、ヒ素化合物を摂取したことで腎不全が起きたことが判明した。なお、この結果は、その後に行われた司法解剖においても再確認されている。

ヒ素は原子番号三十三番の元素で、猛毒であることが古くからよく知られている物質だ。その化学的性質はリンによく似ている。

リンは必須元素で、ＤＮＡやＲＮＡを構成する成分である一方で、エネルギー代謝で重要な役割を果たすＡＴＰに含まれていたり、細胞膜を構成する成分として利用されていたりする。人体のあらゆる場所に存在し、生体維持に欠かせない役割を果たしているのである。

リンは食事によって体内に取り込まれるわけだが、性質が似ているがゆえに、人体は摂取してしまったヒ素をリンと間違えて使ってしまう。いくら似ていても機能を代替することはできないため、ヒ素が混ざり込んだ細胞は機能不全を起こす。こうしてヒ素の毒性が発揮され、腎機能の低下に至ったというわけだ。

「ひと通り読み終わったかな」と北上が松山たちを交互に見る。

「はい」と藤生が頷く。「依頼の内容は、ヒ素の摂取ルートの解明ですか」

「そういうことだね。男性の死因ははっきりしており、そこに議論の余地はない。問題は、いつ、どこで、どのようにしてヒ素が体に入り込んだのか、という点にある。そこをはっきりさせないと、自殺か殺人かを区別することさえできないからね」

男性の毛髪や爪からはヒ素は検出されていない、と資料にあった。慢性のヒ素中毒なら代謝されたヒ素が組織に残るはずなので、このケースは急性のものだと分かる。死亡推定時刻の二十四時間以内に大量のヒ素を摂取していたとみなしていいだろう。それを踏まえた上で、「家の中からヒ素は検出されていますか」と松山は質問した。

「いや、見つかっていない。保存されていた飲食物と食器類はすべて調べたんだけどね。何も出なかったそうだよ」

「ということは、屋外で服用した……？」

「あるいは『服用させられた』か、だね。ありうる説だと思う。カプセル剤の形にしておけば、毒性が発現するタイミングをある程度コントロールできるし」

「ということは、事件直前に外で会った人物が犯人ということですかね？　現場はいわゆる密室状態でしたし」

松山の言葉に、「それはさすがに先走りすぎじゃない？」と藤生が顔をしかめた。

「あくまで自殺で、男性自身が毒物を包んでいた紙をトイレに流したかもしれないでしょ。他殺だと断定するのはおかしいよ」

「おいおい、そこまで厳しく言うことはないだろう」と土屋が苦笑する。「今は議論で相手の主張を潰す時間じゃないぞ。むしろ突拍子もない発想を出すべき場だ。相手を萎縮《いしゅく》させるような言い方は歓迎できないな」

「……すみません。以後、気をつけます」

謝罪の言葉を口にしたものの、藤生の表情にはありありと不満の色が滲んでいた。「正しいのは私なのに、どうして怒られなきゃいけないの」という心の声が今にも聞こえてきそうだった。

「まあ、緊張感のある議論も悪くないかな」と場を取りなすように北上が言う。「せっかくだから、藤生さんの意見も聞かせてよ」

「今の段階では、発表するほどの説は思いついていません。もっとデータがほしい、

「うん。それは百も承知だ。分かってて、あえてやってる」と土屋が顎を撫《な》でた。「データが足りない状態というのは、真っ白なキャンバスと向き合っているようなもんだ。自由な発想で推理をしてもらいたい。思考を楽しむんだよ」

「……いいんでしょうか、そんな不謹慎な態度で臨んでも」

「別に構わない。科学捜査員は事件に対して可能な限りドライであるべきだと俺は考えている。自身と完全に切り離して考えることで、初めて本来の思考力を引き出せる。それが俺の持論だ。だから、少なくともこの場においては、道徳やモラルを気にする必要はない」

土屋の自説に、藤生が黙り込む。気分を害したのかと思ったが、その顔つきは真剣だ。土屋を唸らせるような仮説をひねり出そうとしているらしい。負けん気が強いな、と松山は思った。

三十秒ほどして、「殺人だとしたら、なぜヒ素なのかという疑問が湧いてきます」と藤生は言った。

「ただ殺すだけなら、強盗の仕業にでも見せかける方がずっと簡単です。ヒ素のような入手ルートの限られる毒を使うと、そこから足が付くリスクが高くなります」

「ヒ素を使う切実な理由があるのか、ということだな」

「その理由が分かれば、自ずと犯人も浮かび上がってくる気がします。根拠はありませんが」藤生は淡々と言い、土屋の顔をまっすぐに見た。「私にはやはり、大した説は出せないようです。先生の推理をぜひ伺いたいのですが」

「俺か？　……そうだな。感触的には単純な殺人ではない気がするな。資料には、庭に多数の監視カメラが設置されている、とある。さっき藤生も言っていたが、外出時に家主を襲う方がある意味では安全なんだ」

「だとすると、自殺……？」と松山は呟いた。

「結論を焦らないでくれ」と土屋が静かに言う。「俺が否定したのは、『単純な殺人』だ。例えば、体にいいサプリメントだと偽ってヒ素入りのカプセルを渡した、なんて手口も考えられる。ヒ素はかつて農薬として使われていた。規制の緩かった時代の古い農薬なら、案外簡単に手に入るかもしれない。『ヒ素にこだわった』わけではなく、『たまたま手に入ったから使った』という方が自然じゃないか」

「だとすると、遺産目当ての殺人という可能性は低いでしょうね」

じっと話を聞いていた北上が口を開いた。

「どうしてそう思う？」とすかさず土屋が尋ねる。

「遺産を狙うような人物がいたとしたら、慎重に殺人計画を練ると思うんです。果たして、使うとバレやすいヒ素を選ぶでしょうか。殺人だと分かれば、警察は『この人が死んで得をするのは誰か』という発想で捜査を行います。自分が疑われるような方法は避けるはずなんですよ」

「それはそうだろうな。だとすると、動機は金ではなく、他のところにあるわけだな。そして、ヒ素の使用が発覚しても、警察の捜査の手が自分には及ばない自信がある。そんな風に犯人の思考をなぞることもできるな」

土屋はそう言って、「そういえば昔、青酸カリを送りつける事件があったな」と腕を組んだ。

「インターネットで知り合った自殺志望者に、青酸カリ入りのカプセルを送った事件ですね。犯人が札幌《さっぽろ》に住んでいたのでよく覚えています」と北上がすかさず補足する。

今回も同じような手口が使われたのだろうか……？

もしそうだとしたら、無差別の連続殺人の可能性すら出てくる。その気づきに、背筋が寒くなった。

不気味さを払うように居住まいを正したところで、土屋がパンパンと手を叩《たた》いた。

「だいぶ仮定が重なってきたから、いったんリセットしよう。このまま話し続けても、砂上の楼閣をシコシコ作ることになるだけだ。違う観点からまた推理を組み立ててもらいたい」

「殺人ではなく、自殺の可能性を議論しますか」

　北上の提案に、「それはあまり面白味がないな」と土屋が言う。

「自殺の場合、動機の解明が求められることになるが、俺たちの出番はあまりないだろう。聞き込みが中心になるし、そこからしか出てこない情報も多い。そういう仕事は刑事に任せた方がいい」

「殺人でも自殺でもないとしたら……事故でしょうか」と藤生が眉間にしわを寄せた。

「そんなのありえないでしょ、って顔をしてるな」と土屋が口の端を持ち上げる。

「いえ、それは……」

「それが普通の発想じゃないでしょうか」と松山は藤生をフォローするように言った。

「事故でヒ素を摂取するようなことがありえますか?」

「まあ、常識的に考えればないだろう」と土屋。「ただ、今は常識を捨てる時間だ。とんでもない説をぜひ聞きたいところだな。どうだ、松山。何か思いつかないか?」

　水を向けられ、松山は「えーっと」と頭を掻いた。

　誰も意図しないところで、しかも短時間に大量にヒ素を摂取する? そんなことが果たして起こりうるだろうか。

「難しいか」

「ね、ネズミ……の仕業とか」

「ネズミがどう絡んでくる? 男性が寝ている間に、ネズミが口の中にヒ素を押し込んだ、とか？」

「いや、まさかそんな、おとぎ話みたいなことは考えてないです」と松山は首を振る。

「ヒ素は殺鼠剤《さつそざい》に使われますよね。ネズミがそれをくわえて運び、食材の中に紛れてしまった。で、男性はそれをうっかり食べてしまった、みたいなことを想像しました」

「なるほど、それはなかなか面白いな」と土屋が頷く。

「しかし、食べ物からはヒ素は出ていませんが」

藤生の指摘に、「ゴミに出した可能性はあるんじゃない」と松山は返した。

「ふむ。一応、仮説として認めようか。じゃあ、北上。後輩たちにプロの想像力を見せつけてやれ」

「僕は別に推理のプロではないですけど」と苦笑して、北上は資料の紙を手に取った。

「事故という前提で考えるとすれば、他殺の失敗説が思い浮かびますね。誰かを殺すつもりで準備していたヒ素を、うっかり摂取してしまったんです。まあ、どういうシチュエーションでそんなミスが起きたのか、すぐには具体例は出せないんですが」

「違う視点ではあるな。その調子で頑張ってくれ。そろそろ出なきゃいけないんだ」

土屋はそう言うと席を立った。

「あの、土屋先生」と藤生が呼び止める。

「なんだ？」

「この事件の捜査に協力するかどうか、まだ話し合いができていないのですが」

「あれ、そうだったかな」と土屋が首をかしげる。「てっきりやるもんだと思っていたが、違ったのか」

「そうですね。正式な返答はまだです」と北上。「どうされますか」

「やるかどうかを決めるのは、俺じゃない。君らで話し合って決めたらいい。ただ、今の議論の盛り上がり方を見る感じだと、断るのはもったいないように思うけどな」

それじゃ、と軽く手を上げ、土屋が事務室を出ていく。

ドアが閉まると、自然とため息がこぼれた。

「今日の土屋先生は、いつもより議論に積極的でしたね」

感じたことを松山は素直に口にした。

「ウォーミングアップをしたかったんじゃないかな」

北上の言葉に、藤生が怪訝な表情を浮かべる。

「どういう意味ですか？」

「環境省から呼び出されたって言ってたでしょ。施策についてのアドバイスを求められたんだと思うけど、研究者に対する官僚の態度はとても褒められたものじゃないからね。短期間では到底実現できないような無理難題を吹っ掛けられるのが分かっているから、頭の暖機運転をしたんだと思う」

「つまり、さっきのは本気ではなかったと」

「いやいや、手抜きはしてないよ、たぶん。一つの仮説に深入りしないようにコントロールはしていたけど、事件のことは真剣に考えていたと思うよ」

「そうですか。……それで、捜査協力はどうしましょうか」

「もう答えは出てるんじゃないかな。松山くんはどう?」

北上の問い掛けに、「俺はやってみたいです」と松山は即答した。「これまでの二件と方向性が違いますし、毒物のことを学ぶいい機会だと感じました」

「うん。前向きな考え方でいいと思う。院に進むと決めてから、一皮剝《む》けた感じがあるね。心構えが変わったんじゃないかな」

「そうですね。自分でもそれは思います。余計なことを考えずに済むので気が楽になりました」

大学院に進むことは、すでに研究室のメンバーには話してある。試験は八月下旬に行われるが、内部進学者の合格率は例年だと九〇パーセントを超えている。一夜漬けで楽勝とまではいかないが、油断をしなければまず大丈夫だろう。

今までは深く考えず、周囲の助言や消去法で進路を選んできたが、今回初めて、自分の意思で積極的に未来を決めた。それが自信に繋がり、やる気の増大に繋がっているのではないか——松山はそんな風に自己分析していた。

「松山くんはこう言っているけど、藤生さんはどうかな」

「……私も異存はありません。やらせてください」

「それ、本心で言ってる？」と北上が訊く。

「ええ、もちろん」と藤生は頷いた。

「さっきからずっと浮かない表情をしているけど」

「……人が亡くなったと聞くと、どうしてもこうなってしまうんです」と藤生が目を伏せた。「モラルを気にせずに議論を楽しめ、と土屋先生に言われましたが、今の私にはそれは難しい指示でした」

「……そうだったんだね。でも、僕はいろんな人がいていいと思うけどね。藤生さんのその性格が、科学捜査員としての欠点になるわけじゃないから。土屋さんは冷徹な方がいい、という持論だったけど、それは『ホームズ級』の推理力を得るための助言だから。科学捜査に携わる人の中には、情の厚い職員もいっぱいいるよ。だから、気にしすぎることはないよ」

「ありがとうございます」と藤生がお辞儀をする。その口元には笑みの気配は一切なかった。

この人は、頑固で、それでいて不器用なんだな……。

藤生の姿に、松山は不思議な感銘を覚えた。それは、自分の体重よりはるかに重い荷物を運ぶアリを見た時の感動に似ていた。

3

その週の金曜日。松山は理学部一号館の地下にある、特殊分析実験室にいた。この部屋には、理学部所有の共用分析装置が設置されている。それらの多くが最新の高性能モデルで、研究室の年間の予算では購入できないくらいに高額だ。

今、松山が利用している装置も、そんなハイエンドモデルの一つだ。

装置の正式名称は、飛行時間形質量分析計。英語だと、time of flight mass spectrometer となる。その頭文字から、ＴＯＦ‐ＭＳと一般に呼ばれている。ちなみに装置はコンビニエンスストアなどに設置されている複合機を二台並べたくらいのサイズで、価格は一式で五千万円以上するらしい。

その原理は意外と単純だ。測定したいサンプルに含まれる物質を電気の力で飛ばし、検出部分までの飛行時間からその物質の重さ（分子量）を測定する、という仕組みで分析を行っている。単純化して言えば、質量が小さいものほど早く、大きいものほど遅く検出される。

分析の結果は、横軸が飛行時間——すなわち分子量を、縦軸が検出された物質の量を示す二次元のグラフになる。

分析作業は、装置に接続されたノートパソコンを使って行う。通常の分析については、一連の手順をまとめたマニュアルがあるので、それに従って作業をすればいい。松山のような、経験の浅い四年生でも問題なく分析を完了できる。

「……よし、できた」

測定結果を印刷し、松山は特殊分析実験室をあとにした。エレベーターで七階に上がり、科学警察研究講座の事務室に戻る。

部屋には藤生の姿があった。自分の席で一心にデータを印刷したものを見ている。

「藤生さん。そろそろ事件の検討をやらない？」と松山は声を掛けた。

「測定は全部終わったの？」

「ひと通りは」と松山は頷き、打ち合わせ用のテーブルについた。

「分かった。ちょっと待って。準備するから」

藤生が机の上のプリントを整理し始める。

「了解。ゆっくりどうぞ」

今のうちにもう一度事件の概要を確認しようと思い、松山は資料を開いた。最初のページには、ヒ素の毒性によって命を落とした男性のプロフィールが記載されている。名前は、榎戸康夫。顔写真は載っていないが、亡くなった時の体重は五一キロだったとある。身長は一七二センチなので、かなりの痩せ型だ。病歴はなかったようだが、定期的に健康診断を受けていたわけではないようだ。

康夫は、世田谷区の馬事公苑《ばじこうえん》に近い住宅街の、急な坂を上がった一軒家で一人暮らしをしていた。ドイツから移築した古い二階建ての洋館で、大小合わせて十以上もの部屋があるそうだ。

亡くなる前日、康夫は午前と午後に二度外出している。彼は金融業を営んでおり、七十歳になった今もバリバリ現役で働いていたという。その日も何人かの顧客と商談をこなし、午後八時過ぎに帰宅していた。それ以降、翌朝に遺体が発見されるまで人の出入りはなかったことが、庭に設置された複数台の監視カメラの記録から確認されている。

状況からすると、外部犯の可能性は薄いように思える。ただ、監視カメラの死角がないわけではない。家の裏手から近づき、二階のベランダに登る——といったルートでの侵入は可能だったかもしれない。

資料を読み直していると、「待たせてごめんね」と藤生がテーブルの向かいに座った。

「やろっか」

「うん。よろしく」

この数日、松山と藤生はTOF‐MSを活用し、司法解剖で採取された康夫の血液や組織細胞の分析作業を行ってきた。遺体の部位ごとにサンプルは複数存在しており、それらをランダムに割り当て、分析作業を担当した。どちらか一人が全部をやってしまった方が効率的なのだが、実験手技の取得のためにあえて分割した。

結果については個別に報告するのではなく、二人でデータを吟味し、結論を出すことにした。分析データを共有するのはこれが初めてだ。ドキドキしつつ、松山は分析結果をコピーしたものを藤生に渡した。

「えっと、じゃあまず俺の方から説明するよ。受け持ったサンプルは、採取場所ごとにそれぞれ、心臓が二本、肺が一本、腕が一本、足が二本だった。で、そのすべてでヒ素が検出されてる。興味深いポイントは二つあった。市販のヒ素化合物にスズやビスマス、コバルトやアンチモンといった金属が不純物として混ざっているんだけど、それがほとんど検出されなかったこと。もう一つは、肺の細胞のヒ素濃度が他より明らかに高かったこと。この二点だね」

「私もほぼ同じデータになったよ」と藤生。「ヒ素化合物に関しては、国内だけじゃなくて、海外で販売されていた農薬や殺鼠剤のデータも取り寄せて比較してみたけど、似たような成分パターンになったものは一つもなかった。純度が高すぎるんだよね」

結論が合致したことに安堵しつつ、「混じりっ気のない、純粋なヒ素化合物を摂取したのは間違いないみたいだね」と松山はコメントした。

「そうだと思う。問題はやっぱり、摂取経路だよね」

「うーん、そこだよなあ」と松山は腕組みをした。

康夫の胃の内容物からはヒ素はほとんど出ていない。このことから、経口での摂取の可能性は極めて低い。また、遺体には注射の痕はなかった。何者かにヒ素化合物を注射されたという説も捨ててよさそうだ。となると、残ったルートは……。

「注目すべきは、肺のヒ素濃度じゃない？」と藤生。

「そうだね。細胞内のヒ素濃度が高かったし。高純度のヒ素化合物を吸い込んだことが、命を落とした直接の原因だと思う」と松山は同意した。「気体ってことは、アルシンかな……」

アルシンはヒ素元素に三つ水素原子が結合した物質で、室温で気体として存在する。鼻や喉の粘膜に対する刺激性は低いものの、体内に入ると二十四時間以内に貧血を引き起こし、腎臓を始めとする臓器の機能不全を引き起こす。症状から考えても、今回の事件で観察されたものとよく合致している。

「アルシンだとして話を進めるけど、事故や自殺でそれを吸い込むってことがありうるかな？」

松山の疑問に、「ちょっと考えづらいね」と藤生は眉をひそめた。「自然に発生するようなものじゃないから」

「そうだよね。あ、でも、北上さんが言っていた、『他人を殺すつもりで準備していた毒を誤って摂取した』ってパターンは、一応はありうるかな」

「だとしたら、アルシンを入れていた容器が見つかるはずじゃない？　それに、用意していた毒ガスをうっかり吸ったら、すぐに救急車を呼ぶと思うよ。一瞬で昏睡《こんすい》状態に陥るようなものじゃないんだから」

「じわじわと漏れ出していたアルシンを吸った……っていうのはどうかな」

「それも無理があるんじゃないかな。物質の性質をまとめたデータによると、アルシンはニンニクみたいな匂いがするらしいよ。そんな匂いがしてたら気づくよ」

「ああ、そういえばそうか……」

いったん頷きかけたところで、「ん？」と松山は首をかしげた。

「どうかしたの？」

「いや、他殺だったとしても匂いの問題はあるな、って思ってさ。実は、通気口を利用して、家の中にいた康夫さんを外から毒殺したっていうトリックを考えてたんだ。その方法なら密室の問題はクリアできる。もちろん、監視カメラに映らない位置でね。でも、変な匂いがしてたら気づくはずだよね。おとなしく吸い続けるわけがない」

ちなみに康夫の血液から睡眠薬は検出されていない。意識を失わせておいて毒ガスを吸わせるというやり方は使えなかったはずだ。手足に拘束の痕もないので、身動きできなくして……という手口も不可能だろう。

「すごいことを考えてたんだね」と藤生が目を見開く。

「実現可能性を吟味《ぎんみ》していないから、単なる空想レベルだけど。外から利用できる通気口があるかどうかも分からないし」

「殺人の可能性は低い……ってことかな」

「事故でもないし、自殺でも殺人でもない。そう言いたいところだけど、実際に康夫さんは命を落としているわけだからね。どこかに見落としがあるんだ」

「……それじゃあ、アルシンを吸ったって前提をやめてみる？」と藤生。

「うん？　肺から毒を摂取したって説を捨てるってこと？」

「摂取ルートは肺で間違いないから、そこは変えないよ。気体じゃなくて、吸入薬ならありうるかなって。喘息《ぜんそく》の薬みたいな、専用の容器に入っている薬品」

それは考えていなかった可能性だった。「なるほど、それで？」と松山は先を促した。

「……ごめん。その先は考えてないんだ。仮定を重ねて想像していくのって、できればあんまりやりたくないから」と藤生がテーブルに目を落とした。

事実に基づいて真実を探るのならともかく、今の自分たちがやっているのは空想の披露に近い。死にざまを考える以上、どうしてもモラルを軽視することになる。それが藤生には辛《つら》いのだろう。

「分かった。じゃ、代わりに考えてみるよ」と松山は言った。「まず、康夫さんは喘息の持病があった。でも、何らかの事情で病院には通っていなかった。家には発作が起きた時のために吸入薬が置かれていた。ところが、その薬剤の中にはヒ素化合物が混ぜ込んであった。康夫さんはそうとは知らずに吸入薬を吸い込み、その数時間後に命を落とした。吸うのが一瞬だったから、匂いもそこまで気にならなかった。……っていう感じなんだけど、どうかな」

「吸入薬の容器は見つかってないよね」

「そう。だから、遺体の第一発見者であるハウスキーパーの女性が持ち去ったって推理が自然と導かれる。家のことを任されていたのなら、毒入り吸入薬を用意することもできただろうし」

「筋は通っている……気はする」と藤生がためらいがちに呟く。「喉の細胞を分析してみたら、吸入した薬剤か、ヒ素化合物の微粉末が検出されるかもしれない」

「そうだね。じゃあ、仮説の一つとして報告書に記載しておこう」

そこで藤生が大きなため息を落とした。頭痛がするらしく、こめかみを指先で強く押さえている。

「この研究室でやっていくのなら、こういう議論に慣れなきゃね……」

「無理することはないと思うよ」

「いいの。科捜研の職員になれば、毎日のように事件や事故と向き合うことになるんだし、今から耐性を付けておかないと。ちょうどいいトレーニングだよ。っていうか、できれば自分の目で現場を見てみたい。実際の状況を肌感覚で確かめることで生まれる仮説もあると思うし」

「品川の歩道橋はまさにそうだったもんね。北上さんに話してみるよ」

「うん。じゃあ、お願い」

藤生がぎこちなく微笑み、そこで会話が途切れる。

気が進まないけど、やらなきゃいけないから我慢しよう……藤生の言葉の端々から、松山はそんな覚悟を感じ取っていた。

何が彼女をそこまで駆り立てるのだろうか？

——この話の流れなら……！

「……あの、さ。素朴な疑問なんだけど、どうして科捜研を目指してるんだい？」

今なら訊けると思い、松山は前から気になっていたことを尋ねた。

予想外の問い掛けだったのか、藤生の表情が固まる。早まったか、と焦りを覚えたが、口から出た言葉を取り消すことはできない。藤生が話し始めるのをじっと待つしかなかった。

沈黙は十秒以上続いた。

藤生はやがて吐息を漏らし、「ごめん、うまくまとまらない」と言った。

「……でも、科捜研じゃないといけない理由があるんだよね。食品会社や製薬企業の成分分析研究者じゃダメってことなのかな」

ここまで来たら引き下がれない。そんな気持ちで、松山はもう一歩踏み込んだ問いをぶつけた。

「それは、そう」と藤生が小さく頷いた。「根本にはたぶん、犯罪の被害に遭って苦しんでいる人を助けたい、っていう気持ちがあるんだと思う」

「刑事を目指すっていう選択は？」

「そこまで犯人や被害者に近い職場は……ちょっと、できる気がしないかな。直接的な貢献ができて、なおかつ自分の性格に合うのが科捜研だと思うんだ」

「なるほど……考えに考え抜いた末の選択ってことか……。すごいな、藤生さんは。俺なんて、いつも行き当たりばったりだよ。院に進むのを決めたの、理学部の中で一番遅いんじゃないかな」

笑ってもらおうと思い、自虐ネタを放り込む。しかし、藤生の表情は冴《さ》えない。

「そんな、褒められるようなものじゃないよ。純粋な善意だけで動いてるわけじゃないから。そもそも、この研究室に入ったのだって……」

何かを言いかけて、藤生は黙り込んだ。まるでリモコンの操作ミスでミュートにしてしまったかのような、唐突な言葉の切り方だった。

「入ったのだって……のあとは？」

「……ごめん、忘れて。ものすごく個人的な話だから」

藤生はテーブルの上に広げた資料を急いで仕舞うと、「調べ物があるから」と言い残して部屋を出ていってしまった。

一人きりになり、松山は天井を見上げて息をついた。

藤生が科学捜査員を目指す理由。気になっていたこととはいえ、調子に乗って踏み込みすぎたのだろうか。そう思わずにはいられないほど、会話の終わり方が不自然だった。

その場で考えたことを適当に喋っていたのではない、という感触はある。本音に近いことを聞けた気はする。ただ、藤生はずっと憂い顔をしていた。このラインだけは絶対に越えないように、と警戒しながら、慎重に言葉を選んでいたようだ。おそらく、科捜研に固執する別の理由があるのだ。

ただ、今から藤生を追い掛けてそれを問い詰めようとは思わなかった。明らかに個人の事情に立ち入りすぎているし、そんなことをすれば今後の研究室生活に影響が出ることは必至だ。

いずれ彼女の方から「それ」を話してくれたら……。

そんなことを考えつつ、松山はぼんやりと窓の外を眺めた。

4

「結構……息が切れますね」

坂道を並んで上りながら、松山は北上に話し掛けた。

「かなりの急坂だよね。お年寄りには辛いだろうね」と北上が頷く。「でも、それ以上に湿気が辛いけど」

「ああ、確かに……」

昨夜の雨の影響で、今日は朝から湿度が異様に高い。気温はそこまで上がっていないのに、蒸し暑くて仕方ない。

「北海道は梅雨がないし、この季節でも割と空気がサラッとしているんだよね。だから、分室時代に初めて東京の梅雨を経験したんだ。二年振りだけど、まだまだ慣れないね。札幌が恋しくなるよ」

「夜も寝苦しいですしね。体力が落ちますよね……」

松山は足を前に進めながら、ふうっと息を吐き出した。今、松山たちは榎戸康夫の自宅に向かっている。だが、ここに藤生の姿はない。今日は体調不良で休みだ。

「藤生さんも一緒に来れたらよかったんだけどね」

北上がそう言って、ハンカチで首の汗を拭く。

「……あの、北上さん。彼女から何か聞いていませんか？」

「ん？　特に心当たりはないけど、『何か』って、何？」

「この間、ちょっと気になることがあって」

松山はゆっくり歩きながら、先週の金曜日のやり取りをかいつまんで説明した。

「……本人はあまり話したくなさそうだったのに、俺、調子に乗っていろいろ訊いちゃって……。それで気まずくなって、休んでるのかなって」

「それはないよ。私見だけど、彼女のメンタルは強靭だよ。その程度のことで大学を休むとは思えないね」

「それならいいんですけど……」

「気になるなら、ＬＩＮＥか何かでメッセージを送ったら」

「ウザがられませんかね」

「う一ん、『がられる』かもしれない」と北上が苦笑する。「藤生さんは僕たちと親しくなりすぎないように気をつけている感じがあるね」

「あ、北上さんもそれを感じてましたか」

「感覚的なものだけどね。笑顔が少ないし、向こうから雑談を振ってくることもあんまりないでしょ。別に友達になる必要はないから、全然それでいいんだけどね。ただ、時々思い詰めた表情をしているのが気になるかな」

「事件についての議論が苦手なことを悩んでいるんでしょうか」

「それとはまた違う気がするなあ。僕たちに打ち明けられていない、別の何かがあるんじゃないかな」

そんな話をしながら歩いていると、坂の上に建つ洋館が見えてきた。野球のホームベースのような、五角形のシルエット。レンガを積み上げて造った外壁は明るい褐色で、下側だけが動く、片上げ下げ窓が等間隔に並んでいる。窓の周囲に装飾はなく、ただ枠があるだけのシンプルな構造だ。向かって右端には煙突が突き出していた。

「遠くから見ると、おもちゃっぽいですね」と松山は感じたままを口にした。

「構造がシンプルだからじゃないかな。僕たちの思い描く『洋館』そのものだよね」

榎戸邸は坂の突き当たりにあった。敷地は洋館と同じ風合いのレンガの壁に囲まれている。

鉄の門扉を開け、敷地に足を踏み入れる。

屋敷の手前には芝生の庭がある。広さは間口が一五メートル、奥行きが一〇メートルくらいだろう。二メートルほどの木が何本か植えられており、監視カメラを載せた鉄製の柱がいくつも立てられていた。カメラのレンズはあちらこちらを向いている。

庭全体が監視下に置かれているようだ。

「セキュリティは厳重ですね」

「そうだね」と北上が庭を眺めながら頷く。「ダミーカメラは一つもなくて、全部稼働していたらしいからね」

「でも、こんなにたくさんあったら、映像を見るのが大変じゃないですか？」

「榎戸さんはリアルタイムでのモニタリングはしてなかったと思うよ。万が一不審者が来た時に、証拠を残したかったんじゃないかな」

北上はそう説明して、「ごめんね、中を見れなくて」と謝罪した。北上の方から建物内部の調査申請を出したのだが、事件の担当者の許可は下りなかった。「そこまでしてもらわなくても大丈夫ですよ」というのが先方の言い分だったが、本音としては荒らされることを警戒しているのだろう。そういう意味では、研究室への信頼度はまだ充分ではなさそうだ。

「気にしないでください。内部の写真は見せてもらっていますし。建物の外側を調べる許可がもらえただけでも充分ですよ」

「アルシンを外から吸わせた、って仮説を調べたいんだね」

「はい。匂いの問題はともかくとして、可能性の検証はしたいなと。ちなみに、家の中では異臭は感じられないんですよね」

「そうだね。特に変わったところはないみたいだ」

「だとしたら、この仮説は外れっぽいですね。まあ、念のためということで」

「了解。自由に見て回っていいよ。僕も適当に動くから。あ、念のために手袋はしておいて」

「分かりました」

玄関前で北上と別れ、松山は建物に沿って歩き出した。

家の正面側にはエアコンの室外機は見当たらない。窓は大人の顔の高さにあり、きっちりと閉まっていた。ここからホースなどを差し込むのは難しそうだ。また、ガラスの内側の隅に、一辺三センチほどの黒い機械が張り付けてある。振動を感知して作動する防犯アラームだろう。セキュリティは万全と評価してよさそうだ。

壁沿いを進み、建物の角を曲がる。塀の向こうには別の民家の屋根が見える。洋館は周囲の民家より頭一つ高い位置に建っているのだ。

向かって右側面の壁にも、同じような窓が並んでいる。こちらも簡単に開けられそうにはない。また、二階や屋根に上れるような足掛かりも見当たらない。庭に植えられているのは一メートルに満たない低木ばかりだ。

壁のレンガには汚れや傷があるが、どれも古いもののようだ。長い時の流れを感じる。誰かが何かを仕掛けた痕跡は皆無だった。

辺りの様子を確認しつつ、家の裏手に出た。室外機や物干し場など、生活感を感じさせるものはこちら側に集約されていた。家の裏側ではるが、塀の向こうには遮るものがないので日当たりはいい。敷地の隅には、庭にあったのと同じ監視カメラが設置されていた。

普通の民家だと裏手に勝手口があることが多いが、出入口らしきものは見当たらない。ただ窓が並んでいるだけだ。

「うーん、付け入る隙はないなあ……」

ざっと見回ったが、セキュリティレベルを考えると、外からアルシンを送り込むことは不可能だろう。その仮説は完全に捨ててしまってよさそうだ。

家の裏側を通り抜け、今度は反対側の側面を通っていく。こちらも右側と同じだ。どこにも異状は見当たらない。

となると、もう一つの仮説の方が気になってくる。毒入り吸入薬による殺人という推理だ。

今日はこのあと、遺体の第一発見者であるハウスキーパーの女性から話を聞くことになっている。果たして彼女が犯人なのだろうか。体調不良で同席できない藤生のためにも、気になることは徹底的に質問しなければならない。

そんなことを考えながら歩いていた松山は、ふと異臭を感じて足を止めた。

「……これって……」

首をゆっくりと動かしながら、小刻みに鼻から息を吸う。ほんのわずかではあるが、にんにく臭がする。にんにくを食べたあと、体から放たれる独特の匂いだ。飲食店街ならともかく、ここは住宅街だ。実物を嗅いだ経験はないが、ひょっとしたらこれはヒ素化合物の匂いではないだろうか。

出どころを探ってしばらく匂いを嗅いでいたが、松山はふと我に返った。本当にこれが毒物の香りだとしたら、嗅ぎまくるのは自殺行為だ。

「やばい、やばい」

慌ててその場を離れ、松山は玄関前にいた北上の元へと駆け寄った。

「どうしたの、そんなに慌てて」

「あっち側で、にんにくっぽい匂いを感じたんです。どうしたらいいんでしょうか」

「本当かい？　分かった。確認してみよう」

「吸い込んで大丈夫でしょうか」

「屋外だし、危険な濃度にはならないと思う。短時間ならそこまで害は出ないよ」

北上を連れて、さっきの場所に戻る。

「……あれ」と松山は呟いた。まったく同じ位置に立っても匂いが感じられない。「おかしいな、匂いが消えてる」

「この辺りだったんだね？」

「そうなんです。通り掛かった時に、ふっと漂ってきて……」

このままでは嘘つきになってしまう。松山は毒性への懸念も忘れ、辺りをうろつきながら匂いを探した。だが、建物の壁や芝生の地面に顔を近づけても、にんにくの匂いを嗅ぎ取ることはなかった。

「すみません、さっきは確かに感じたんですけど……」

「風が丘の下から匂いを運んできたのかもね。ほら、あそこ」

北上が塀に近づき、下方を指差した。彼の視線の先には、二階のベランダに大量のプランターを並べた家があった。園芸を趣味にしているらしい。紫やオレンジの花が大きく開いているのが見えた。

「ああ、あの匂いだったのか……。申し訳ありません。大騒ぎしてしまって」

「大丈夫、気にしてないよ」と北上は白い歯を見せ、「行こうか」と歩き出した。

松山は目を閉じ、深呼吸をした。関係ない匂いをにんにく臭だと感じてしまったのは、アルシンが使われたのではないか、という先入観があったせいだろう。

推理に縛られずに、自然体で調査に挑まなければ。

松山は軽く頬を叩いて気持ちを切り替え、急ぎ足でその場を離れた。

榎戸邸の調査を終え、松山たちは小田急下北沢駅《おだきゅうしもきたざわ》近くの雑居ビルへとやってきた。中に入り、窮屈なエレベーターで三階に上がる。降りてすぐのところに、ハウスキーパー派遣会社の事務室があった。榎戸康夫の遺体を発見した女性はこの会社から派遣されていた。女性の名前は徳沢公代《とくざわきみよ》、五十五歳。担当していたのは掃除と洗濯が主で、食事に関してはノータッチだった。

なお、派遣会社が提供するのはマッチングサービスなので、徳沢は社員というわけではない。勤務地や希望する勤務形態をもとに、登録者リストの中から徳沢を選び、榎戸康夫の自宅へと派遣していたそうだ。

事前にアポイントメントは取ってある。事務室にいた責任者に声を掛けると、同じフロアにある会議スペースに向かうように指示された。

言われた通りに廊下を進み、突き当たりの部屋に入る。正方形のテーブルが置かれた六帖ほどの部屋で、小柄な女性がすでに待っていた。彼女が徳沢だ。こちらが捜査関係者であることは知っているはずだが、彼女の表情は落ち着いている。

北上、松山の順で名乗り、テーブルにつく。

「あの、録音しても構いませんか」と松山はボイスレコーダーを取り出した。同席できない藤生のための提案だった。

「大丈夫ですよ」

「じゃあ、録音をスタートします」

松山がテーブルにボイスレコーダーを置くと同時に、「今日はお時間を割いていただき、ありがとうございます」と北上が切り出した。今回の面会では、基本的に彼が話をすることになっている。

「正直なところ、慣れました」と徳沢が小さく笑う。「毎日のように刑事さんがいらっしゃいますから」

「どんな事件でも、第一発見者の方は苦労するようです」と北上が神妙に言う。「ということは、聞き取りのたびにこちらの事務所に？」

「あ、いえ、最初はそうしていましたけど、最近は自宅に来てもらっています。わざわざ事務所まで出向くのも面倒ですから……今日は初めてお話しする方だったので、こちらにしましたけど」

徳沢の自宅は二子玉川にあり、会社員の夫と大学生の息子と三人で暮らしていた。榎戸康夫のところへはスクーターで通っていたという。

「もう何度も刑事から質問されたと思いますが、遺体を発見した時のことを教えていただけますでしょうか」

「……あれは本当に驚きました。こっちの心臓が止まるかと思ったくらいです」と徳沢が嘆息する。

「仕事柄、朝一番で一人暮らしの方を訪問した時に、家主さんが亡くなっていること はありました。ただ、玄関を開けてすぐのところに人が倒れていたのは初めてでした」

「倒れていたのはどちら向きでしょうか」

「玄関の扉の方に頭を向けて、うつぶせに」と、徳沢が頭を下げて手を伸ばす。ちょうど、クロールのようなポーズになった。

「榎戸さんは外に出ようとしていたんでしょうか。体調不良を感じたのなら、まずは病院に連絡するのでは？」

「刑事さんから理由を聞いていませんか？　スマホの充電が切れていたんです。それで外に出ようとしたんじゃないでしょうか。庭から窓を叩けば、異常を感知した警備会社がすぐに駆け付けてくれますから」

「警備会社より、近所の方に助けを求める方が早いのでは？」

「ああ……それはどうでしょうか。康夫さんはあまり、近隣にお住まいの方とは交流していなかったようです。あれだけ立派なお宅ですから、地域の方も遠慮されていたのではないでしょうか」

徳沢の意見に、それはありそうだな、と松山は思った。近所にいきなりあんな洋館が建ったら、「家主は何者なのだ」と警戒してもおかしくない。

「倒れているところを見つけて、それからどうされましたか」

「すぐに救急車を呼びました。到着までの間、心臓マッサージを試みましたが、反応は皆無でした。亡くなってから時間が経っていたようです」

「榎戸さんの家の中で、にんにくのような匂いを感じませんでしたか」

すかさず、松山は質問を挟み込んだ。

「にんにく、ですか。いいえ、特には……」

「そうですか。榎戸さんの体調について何か感じたことはありませんでしたか」

「……そうねえ」と徳沢が頬に手を当てる。「康夫さんのお宅へは、昨年の秋から通っているのですが、最初の頃に比べると元気がないような感じはしました。塞ぎ込みがちというか、話し掛けても反応がないことが時々ありました」

「体調が悪いのを隠していたのでしょうか？」

「それはないと思いますけど……。誇らしげに仕事のお話をしてくれることも多かったですから。基本的には元気でした」

「激しく咳き込んだり、息苦しそうだったりといった、呼吸器系の症状もなかったですか？」

「ええ。そういう姿は見たことがありません」

「なるほど……」

松山はそこで質問をいったん終わらせた。

独自に用意した吸入薬に毒を仕込み、それを榎戸に吸わせる。そして、榎戸が死んだあとにすぐに容器を回収する――徳沢にはそれが可能だったはずだ。トリックが使われたかどうかを調べるには、榎戸と交流があった人物から話を聞く必要がある。吸入薬を使っていたという証言が出てくれば、彼女の犯行である可能性が高まる。

ただ、感触的にはこの推理は外れているのではないかという気がしていた。徳沢が自然体で話をしているからだ。本職の刑事ではないので、仕草や表情から嘘を見抜くといった芸当は難しい。それでも、彼女が隠し事をしているようには見えなかった。

軽く咳払いを挟み、「これも何度も訊かれたことだと思いますが」と北上が再び口を開いた。「榎戸さんの交友関係について、何かご存じのことはありますか」

「先ほどもお話しした通り、近所の方が訪ねてくることはありませんでした。というよりも、お客さん自体がとても少なかったですね」

「そうなんですか。榎戸さんは金融業を営んでいたそうですが、そちら関係の来客もありませんでしたか」

「ええ。調布《ちょうふ》にオフィスがあって、車でそちらに通われてましたから。商談はすべて会社の方でやっていたみたいです。私がお宅での作業中にお会いしたのは、康夫さんの弟の元直さんだけでした」

「弟さんは、頻繁に遊びに来ていたんでしょうか」

「そうですね。月に一度は必ずいらっしゃっていました。ただ、ご本人はあまり気乗りしない様子でしたが。呼び出されて仕方なく足を運んでいたみたいです」

「それは、元直さんから聞いたんですか？」

「いえ、弟さんの様子を見て、そう思いました。それと、その……」徳沢はそこで言葉を切り、松山たちの顔を交互に見た。「お金の話を、康夫さんから伺ったので」

「もしかして、元直さんはお兄さんにお金を借りていたのでしょうか」

北上がずばりと尋ねると、徳沢は焦りの表情を浮かべた。

「あの、私は別に、仕事でお邪魔しているお宅の皆さんの個人的な事情には興味はないんです。雑談の中で、康夫さんから時々弟さんへの愚痴を聞いていただけですから」

なぜそんなに慌てているのだろう？　不思議に思い、「言いづらい話なんですか？」

と松山は質問した。

「いえ、その、仕事先で内緒話を耳にすることは少なくないのですが、それを外に漏らすのはハウスキーパーとしてのルールに反することなので……。刑事さんにも、会社には言わないようにお願いしているんです。捜査とはいえ、べらべら秘密を喋ったと思われたら、会社の登録リストから外されかねませんから……」

どうやら彼女は派遣会社から「ハウスキーパー失格」の烙印《らくいん》を押されることを警戒しているらしい。依頼者のプライバシーを他言しないことが重要視されるのだろう。

「大丈夫ですよ。ここで聞いた内容を捜査関係者以外に漏らすことはありません。ですから、遠慮なくお話しいただければと思います」と北上が落ち着いた声で語り掛ける。「康夫さんと元直さんの関係はどのようなものだったのでしょうか」

「……元直さんは焼肉店を経営しているのですが、店舗数を増やしたことが裏目に出て、大きな借金を抱えてしまったんだそうです。それで、苦しい時期を乗り切るために、康夫さんからお金を借りていました。金額は五千万円ほどだと聞きました」

「それはかなり大きいですね」と松山は呟いた。学生なので普段の生活で大きな金額を意識することはないが、多寡の感覚くらいはある。五千万という数字は、人の命を奪う動機になりうる金額だ。

そもそも、借金以前に遺産のこともある。榎戸康夫は未婚で、子供もいない。両親もずっと昔に他界しているので、弟である元直が遺産の相続人になるはずだ。康夫の資産は相当なものだろう。殺人の動機としては充分すぎるほどだ。

「一度、弟さんから話を聞いてみますか」

松山の提案に頷き、北上は徳沢の方に目を戻した。

「すみませんが、元直さんについてご存じのことがあればぜひ聞かせてください」

「ああ、はい。大したことはお伝えできませんが……」

「それで結構です。今回の事件と関係なさそうなことでもいいですよ」

北上はそう言って小さく微笑んだ。

警察も元直のことはマークしているはずで、おそらく兄弟の関係についてもいろいろと調べを進めているだろう。ただ、「ヒ素化合物を投与したトリック」という観点での聞き取り調査は行っていないはずだ。

ただ話を聞くだけなら、本職の刑事に任せておけばいい。自分たちにしかできない質問をぶつける。それこそが、科学警察研究講座の一員として採るべき方策だろう。

松山はそんな思いを抱きつつ、北上と徳沢のやり取りに耳を傾けた。

5

翌日。本郷三丁目の駅を出たところで、藤生星良は足を止めた。

天気予報通りに、雨が降り出していた。雨脚はそこまで強くないが、家を出た時より明らかに湿度が上がった感覚があった。もう一〇〇パーセントに近い値になっているだろう。そのせいで、ひどく不快な蒸し暑さを感じる。

昨日は体調不良で大学を休んだ。前夜は例の夢を見なかったが、記憶に残っていないだけかもしれない。起きた直後から頭が痛くて仕方がなかった。

一日ずっと家で安静にしていたが、頭の芯にまだ鈍い痛みが残っている。本音を言えば引き返したいところだったが、そうもいかない。今日は榎戸康夫の弟に会って話を聞くことになっている。

ため息をつき、傘を差そうとしたところで、「おや、君は」と声を掛けられた。

隣を見ると、髪をきっちりと八：二に整えた男性がいた。年齢は五十代半ばか。仕立てのいい、グレーのスーツがよく似合っている。初対面の相手だったが、穏和な顔立ちからは知的な雰囲気が感じられた。東啓大の理学部の教授だろうか。

「ああ、やっぱりそうだ。藤生星良さんだね」

「はい。そうです」

「初めましてになるな。私は科学警察研究所の出雲《いずも》という者だ」

えっ、と思わず声が出た。顔を見るのは初めてだが、出雲の名前は北上から聞いていた。科警研の所長で、科学警察研究講座の開設で主導的な役割を果たした人物だという。

そんな雲の上の存在である彼が、どうして自分のことを知っているのだろうか。

その疑問が心に浮かんだ直後に、「研究室に入った四年生の資料は見せてもらったよ。それで、すぐに君だと気づけた」と出雲が言った。

「そうでしたか。……今日はどうしてこちらに？」

「久しぶりに土屋に会いに来たんだ。歩きながら話そうか」

素早く傘を差し、出雲が雨の中へと足を踏み出す。藤生はためらいがちに彼の隣に並んだ。

「土屋の働きぶりはどうだね？　君たち学生としっかりコミュニケーションを取れているのかな」

「それは……」

さすがに正直に打ち明けるのは憚られる。しかし、気の利いた答えがなかなか出てこない。

「その様子では、熱心に指導しているとは言いがたい状況のようだね」と出雲が苦笑する。「相変わらずみたいだな、あの男は」

「土屋先生のことは、以前からご存じなのでしょうか」

「ああ。土屋が科警研に入って以来の付き合いだ。土屋の性格も把握しているつもりだよ。一つのことに熱中すると、他のことが疎《おろそ》かになる。あの男の思考の大半は、未だに環境科学のことに占領されているのだろう」

「確かに、とても忙しそうにされています。研究だけではなく、省庁や企業とのやり取りも増えていると聞いています」

「そうなのか。環境科学の分野でも、傑出した成果を出していることが認知されてきたのだろう。一市民としてはそれを歓迎すべきなんだろうが……できれば、犯罪捜査の方にすべての力を注ぎ込んでほしいものだ」

――講座の開設は土屋のためだった。

出雲は前を見ながら、ぽつりとそう言った。

その言葉で、心の中にあった些細な疑問が解決された。なぜ理学部で犯罪科学を研究するのか？　その問いの答えは、「土屋が籍を置いているから」だったのだ。

「以前、学外に科警研の分室を作ったのも私だ。あの辺りだったな」

横断歩道を渡りながら、出雲が左手に視線を向けた。

「そちらの主目的は、土屋を科警研に復帰させることにあった。『科警研のホームズ』を復活させたかったんだ。その目的は果たせなかったが、犯罪捜査に対する関心を蘇らせることには成功した。だから、寄附講座を任せればさらにやる気を引き出せると期待したんだが……なかなか難しい」

出雲の穏和な語り口に、藤生は寒気を覚えた。出雲は自分の個人的な思い入れに従って組織を動かしているらしい。普通ならやれないようなことを実現してしまっている。まるで独裁者のようだ、と思わずにはいられなかった。

彼の機嫌を損ねるような発言は慎まなければならない。どう相槌を打つのが正しいのか分からず、藤生は「なるほど」とだけ言った。

しばらく無言で緩い上りの歩道を歩いていく。やがて、道路の反対側に大学の正門が見えてきた。

正門前の横断歩道で立ち止まる。信号が変わるのを待っていると、「四年生にこんなことを頼むのは心苦しいのだが」と出雲がこちらを向いた。

「……はい」

「土屋の科学捜査の能力は折り紙付きだ。なんとかまた熱意を取り戻せるように、君たちが盛り立ててやってほしい」

そこで歩行者用信号が青に変わる。「自分なりに努力してみます」と答えると、出雲は「ありがとう」と微笑んだ。

横断歩道を渡り、正門を抜ける。

藤生はちらりと隣を窺った。科警研のトップである出雲には、大学に寄附講座を作らせるほどの権力があるらしい。

ハイリスクハイリターン。虎穴に入らずんば虎子を得ず。そんな言葉が心をよぎる。出雲は危険な人物なのかもしれない。ただ、交渉次第では自分の力になってくれる可能性もある。

今日、偶然出会って話し掛けられなかったら、おそらく出雲と接点を持つことはなかっただろう。この機会を逃せば、次がいつになるか分からない。「あの話」をするなら今しかない。

雨脚が強くなっていた。周囲に人影はあったが、雨音が声を遮るカーテンになってくれる。藤生は心持ち歩く速度を落とし、「お話ししておきたいことがあるのですが」と切り出した。

「何かな？」

「……私は将来、科捜研で働きたいと思っています。その目標を持つようになった理由を、ぜひお伝えしたいのです」

藤生はそこで言葉を切り、大きく息を吐き出した。

「すべての始まりは、『ある殺人事件』でした――」

6

時計が午後二時を指したところで、松山は事件の資料を綴じたファイルに目を通すのをやめた。

「……そろそろ行こうか」

立ち上がり、自席で同じ資料を読んでいる藤生に声を掛ける。

「雨はどうかな」

「まだ降ってるみたいだけど、朝よりは弱くなったかな」

「とりあえず傘は必要だね」

席を立つと、藤生は事務室の出入口脇の傘立てから濃紺の傘を引き抜いた。女性がその色の傘を差しているところはあまり見ないが、藤生にはよく似合いそうだ。

透明のビニール傘を手に取り、松山は藤生と共に事務室を出た。

しばらく無人になるので、施錠しておく。土屋は講義、北上は実験室で榎戸康夫の血液の分析作業をしている。

エレベーターに乗り込み、一階に降りる。

理学部一号館を出たところで、「体調はどう?」と尋ねる。

「うん。一日休んだからもう大丈夫」と藤生は答えた。表情は普通だ。ただ、いつもより少し顔が青白い。多少無理をしているのかな、と松山は思った。

雨の中を二人で並んで歩く。

大きなイチョウの下を通り掛かった時、「……私たち、試されてるのかな」と藤生が呟いた。

「え? どういう意味?」

「土屋先生はともかく、北上さんも一緒に来るのかと思ってたんだ。でも、私たちだけになったでしょ。だから、試験的な意味合いがあるのかなって」

「うーん、正直、俺もそれは感じるよ」と松山は頷いた。

これから松山たちは、榎戸康夫の弟、元直と会う。彼が経営する焼肉店は都内に四店舗あり、そのうちの一軒は本郷三丁目駅のすぐ近くにあった。東啓大から歩いて七分ほどの距離だ。ちょうど元直もその店舗に用があるということで、面会場所に店を指定してきた。

「本音を言えば、北上さんに来てほしかったかな」と藤生が囁くように言う。「経験豊富な人がいると安心できるから」

「それは俺も同感だけど……試験だと思って頑張るしかないんじゃない」と松山は前を向いた。

昨日の段階で、榎戸元直から話を聞くことは決まっていた。緊張感が一気に増したのは、追加で届いた捜査資料を読んでからだ。

資料によれば、榎戸邸内の家具や書籍、段ボール箱などを調べたところ、元直の指紋が大量に検出されたのだという。さらに、埃の具合から明らかに最近動かされたと思われる家具が見つかっている。康夫の死後、元直は警察に何も言わずにあの家の中を物色したのだ。

では、なぜ彼はそんなことをしたのか？　その答えはまだ出ていないが、善意から出た行動とは考えづらい。遺品を整理するのであれば警察に一言あってしかるべきだろう。捜査はまだ終わっていないのだ。

雑談をする気になれず、足元を見ながら二人で正門に続く通りを歩いていく。

「──ああ、いたいた」

ふと聞こえた声に顔を上げる。三メートル先にいたのは、黒い傘を差した土屋だった。

「どうも……」と松山は会釈をした。

「今から一号館に戻るところだったんだ。行き違いにならなくてよかったよ」

「どうされたんですか？　この時間は三年生向けの講義中では……」と藤生が怪訝そうに尋ねる。

「うん。そうなんだが、講義の途中で思い出して、慌てて出てきた。被害者の弟との面会に同行する約束をしてたんだ。これから会いに行くんだろう？」

「ええ、そうです。でも、約束ってどういうことですか？　僕たち、北上さんから何も聞いてませんけど」

「ああ、それは北上の責任じゃない。俺の方から君らに伝える、って言ったんだ。それをすっかり忘れていたんだ。申し訳ない」

「ええと、いいんですか、途中で講義を抜け出しても」

「研究室のポスドクに任せたから大丈夫だ。人に教えるのもいい勉強になる」

そう言って、「じゃ、行こうか」と土屋が歩き出す。その態度からは、伝達ミスを反省している様子は感じられない。まったくのいつも通りだ。

「……いいのかな」

「最初からそういう話だったんなら、いいんじゃない」藤生は醒《さ》めた声音で言い、傘の柄を握り直した。「気分的には楽になるよ」

「それはまあ、そうだね」

状況の急変化に驚いたが、考えてみれば土屋は北上よりずっと経験豊富だ。一緒に来てくれるのなら非常に心強い。

そういえば、土屋が事件関係者と話すところを見るのは初めてだ。不遜な表現だが、「お手並み拝見」といった気分だった。

三人で正門を出て、坂道を下っていく。最初は土屋が前を歩いていたが、店の場所を把握していないことが発覚し、途中からは彼が後ろを歩く形になった。

本郷通り沿いの歩道を進んでいくと、春日《かすが》通りとの交差点に行き当たる。横断歩道を渡り、左手に進路を取る。そこからおよそ一〇〇メートル。目的の店は、本富士《もとふじ》警察署の目と鼻の先、路地に入る角に面した雑居ビルの一階にあった。窓には花模様のすりガラスが、外壁には黒い木の板が使われている。昭和風というのだろうか。古びた店構えを見ていると、いかにも旨いものを食べさせてくれそうな期待感が湧いてくる。

昼の営業が終わってしばらく経つが、辺りには肉を焼いた匂いが漂っていた。土屋は「腹が減る匂いだな」と呟き、準備中の札が掛かったガラス戸を開けた。

店内はかなり狭い。人がすれ違うのがやっとの通路の両脇に、四人掛けのテーブルが三つずつ置かれている。

一番奥の席に、ワイシャツ姿の男性が座っていた。吊《つ》り上がった目と、小鼻が狭まった細い鼻。男性の顔立ちは、事件の資料にあった康夫の写真とよく似ていた。彼が榎戸元直だ。

榎戸はスポーツ新聞を熟読していた。

「あの、すみません」

松山が声を掛けると、榎戸は顔を上げ、「ああ、はいはい」と老眼鏡を外した。「適当なところに掛けてください」

テーブルは四人掛けだが、榎戸の隣に座るのは違う気がした。どうしようかと考えていると、「君らはあの人の向かいに座るといい。俺は横で聞いてるから」と言って、土屋が通路を挟んだ隣のテーブルに一人で座った。

にわかに緊張が高まる。てっきり土屋が話をすると思っていたので、油断していた。藤生との打ち合わせで、松山が主体的に話すことが決まっていた。居住まいを正し、「このたびは、面会に応じていただきありがとうございます」と準備していた通りに話を始めた。

「捜査なんだから受けただけですよ。別に感謝されるようなことじゃないでしょう」

「そ、そうですか。今日はいくつか確認したいことがありまして。ええと、どこから始めたらいいかな……」

緊張のためか、用意してきた質問がすっぽりと頭から抜け落ちていた。それを探して黙り込んでいると、「康夫さんのお宅にあった指紋について伺いたいのですが」と藤生が口を開いた。

「指紋？」

「家のあちこちから、榎戸さんの指紋が出ています」

「……ああ、それですか。別に泥棒しようってつもりはないですよ。兄貴は金融会社を営んでいたんですが、そこの社員から『借用書が見当たらないので探してほしい』と頼まれましてね。会社の金庫から無くなっている書類があるらしいんです。どうも兄貴は、高額の案件に関しては書類を自宅に持ち帰って保管していたようです。部下に、『絶対に安全な場所がある』と吹聴《ふいちょう》していたみたいですね」

「書類……ですか。しかし、警察の捜査でも見つかっていないようですが」

「分かってますよ、そんなことは」と榎戸が藤生を睨む。「警察でも見つけられないようなところに隠してあるんですよ。安全には自信があったらしいから、よっぽど巧妙な隠し方なんでしょう」

榎戸は苛立ちをあらわにしてはいたが、態度は堂々としている。少なくとも松山の目には、隠し事をしているようには見えなかった。

そこでようやく質問の一つを思い出した。「お兄さんの死因について、警察から聞いていますか」と、松山は尋ねた。

「ヒ素が検出されたんでしょう。持ってないかとか、兄貴に渡さなかったかとか、刑事にさんざん訊かれましたよ。もちろん、何も知らないですよ」

「普通に生活していて、致死量のヒ素を摂取することは考えづらいです。状況から考えると、他殺の可能性が高いように思うのですが……。その辺はいかがでしょうか。例えば、お兄さんに対して強い悪意を持っていた人物がいたとか、そういう心当たりはありませんか」

「それもねえ、もう何十回も訊かれましたよ」と榎戸がため息をつく。「具体的に誰々が怪しい、ってことは言えませんけど、兄貴を恨んでいた人間は多いと思いますよ。シビアな金のやり取りをしてましたから。兄貴の判断一つで人生が狂った人間は大勢います。たぶん、何十人って人数に恨まれてたはずですよ」

「あなたもその一人ですか」

黙って聞いていた土屋が、唐突に質問を投げ込んできた。しかも、かなりの危険球だ。

「私が金を借りていたことはご存じなんでしょう？　今は持ち直しましたけど、商売をやっていれば、苦しい時がまた来ます。遺産が入ればその心配が無くなるわけですから、さっさとくたばってくれと心のどこかでは願ってましたよ」

榎戸はさばさばした口調でそう語り、「だけどね」と続けた。

「『思う』ことと『実行する』ことの間には大きな隔たりがあります。私はそれを飛び越えられるほど非常識な人間ではないですよ」

「まあ、それはそうでしょうな」と土屋はあっさり引き下がった。「たとえ殺人を決意しても、ヒ素なんて頭の悪い毒を使うとは思えません」

「頭の悪い？」と藤生が眉根を寄せる。

「屋敷が建てられた十八世紀ならともかく、今は分析機器が発達している。不審死の場合に血液検査をやることくらい、誰でも想像できる。ヒ素を使うのはそれができない馬鹿だけだ、って意味だよ」

「しかし、実際にヒ素が検出されています」

「そうなんだよな。俺は事故だと思ってるんだけどな……決め手がない」と土屋が頭を掻いた。

……あれ？

違和感を覚え、松山は口元に手を当てた。今、土屋が妙なことを口走った気がする。ただの言い間違いかもしれないが、念のために確認しておこう。

松山は「あの、ちょっとすみません」と会話に割り込んだ。「榎戸さんのお宅がドイツで建設されたのは、一八五〇年頃です。ですから、十八世紀ではなく、十九世紀になります」

「……なんだと？」と土屋が急に椅子から立ち上がった。「それは本当か？」

視線を向けられ、「間違いありません」と藤生が頷く。

「そうか。うっかり勘違いしていたな。となると、話は変わってくるぞ……」

土屋はテーブルの上にあった割り箸《ばし》を手に取ると、それで額をコンコンと軽く叩きながら店内をうろつき始めた。

「一八五〇年、ドイツ、ヒ素、安全な隠し場所、消えた書類……」

ぶつぶつと独り言を呟きながら通路を行ったり来たりしていた土屋が、松山のすぐ隣でぴたりと足を止めた。

「屋敷の中で異臭は確認されていないのか」

「はい。あ、でも、庭を歩いた時に一瞬だけにんにく臭を感じました」と松山は言った。「別のところから漂ってきた匂いだったみたいですが……」

「いや、そいつは重要なヒントっぽいぞ。……屋敷の移築に関わった連中を徹底的に調べ上げる必要があるな。よし。これから捜査の担当者と会ってくる」

土屋は割り箸をテーブルにぽいと放り出すと、そのまま店を出ていってしまった。

「……何なんです、あの人」

開きっぱなしのガラス戸を見つめながら、榎戸が怪訝な表情を浮かべる。

「……おそらく、真相に気づいたんだと思います」と松山は言った。

データが充分に出揃えば、土屋さんは即座に真実を見抜く。『真相を解析する能力』

――それこそが、あの人がホームズと呼ばれるゆえんだよ。

いつかの北上の言葉が蘇る。

土屋は今、まさに真相を解析したのだ。何も説明がなくてもそう確信できるほど、土屋の振る舞いには神々しさがあった。

松山は隣に座る藤生の表情を窺った。彼女は小さく口を開き、土屋が残していった割り箸をじっと見つめていた。

7

それから一週間が経った、七月七日。松山は一人、事務室で事件の資料を読み返していた。

外からは激しい雨の音が聞こえてくる。今日は一日、こんな天気が続くようだ。どう考えても天の川を拝むことは不可能で、短冊に書かれた無数の願いは来年に持ち越しになるだろう。

そんな余計なことが頭をよぎり始めた頃、事務室に北上が戻ってきた。

「あ、お疲れ様です」

「うん。課題に出したMSチャートの解読は順調かな」

「えっと、すみません。まだ手を付けてなくて……」と松山は頭を掻いた。「事件を振り返っていました」

「何か疑問があるのかな」

「そういうわけじゃないです。もっと早い段階で真相に迫れなかったかな、と思いまして……」

こうして解決されてみると、榎戸康夫に死をもたらした「犯人」に気づくチャンスはあったように感じる。目の前に真相に続くドアがあったのに、ずっと見当違いのところを見ていた。そんな印象がある。

推理の鍵は、洋館の建設時期にあった。洋館がドイツで建てられた一八五〇年頃、パリグリーンと呼ばれる顔料を使った壁紙が流行していた。鮮やかな緑色をしたこの顔料の主成分はアセト亜ヒ酸銅という物質である。つまり、ヒ素が壁紙に練り込まれていたようなものだ。

パリグリーンは殺虫剤としても使われる毒性物質だが、揮発性は低い。通常の状態であれば、それを用いた部屋で生活していても急性毒性の危険はない。ところが、世の中にはヒ素を好むカビというものが存在する。それがパリグリーンの壁紙に付着するとヒ素が代謝され、アルシンなどの危険なガスが室内に放出されてしまう。

榎戸康夫を死に至らしめた「犯人」は、この「カビが作ったヒ素化合物」だったと推測されている。

洋館の建築時期からパリグリーンの存在を疑った土屋は、「屋敷のどこかに緑色の部屋があるはずだ」と逆に推理し、ドイツからの移築を請け負った業者について調べるように警察にアドバイスした。

その結果、洋館に地下室が存在することが明らかになった。施工主である康夫から「地下室の存在を隠すように」と厳命されていたため、ずっと秘密にしていたという話だった。

問題の地下室へのルートは極めて分かりにくくなっていた。キッチンの床下収納に潜り込み、その奥にある壁をスライドすると地下へと続く梯子《はしご》が現れる。一メートルほどの鉄の梯子を降り、四つん這いにならないと通れないトンネルを抜けると、ようやく隠し部屋にたどり着くことができる。

そして土屋の読み通り、地下の隠し部屋にはパリグリーンの壁紙が使われていた。部屋の広さは六帖ほどで、壁も天井も一面の緑に覆われていたという。室内にはアルシンが充満していたが、気密性が高いためその臭いは外には漏れていなかった。

隠し部屋には金庫があり、その中には康夫が保管していた借用書が収められていた。書類を確認するために隠し部屋に入り、そこで高濃度のアルシンを吸った結果、康夫は命を落としたのだろう。

パリグリーンの壁紙の裏には、びっしりとカビが生えていたという。洋館が日本に移築されたのは昨秋で、梅雨を迎えたのは今年が初めてだった。高温多湿の環境がカビの繁殖を促し、結果的に大量のアルシンを生み出すことに繋がったようだ。

これで死の真相は明らかになった。ただ、一つだけ不可解な点があった。それは、「なぜ康夫はアルシンの匂いに気づかなかったのか」という疑問だ。隠し部屋には異臭が充満していたはずで、立ち入ればすぐに「これは変だ」と気づくはずなのだ。

その謎に対しても、土屋は明解な回答を提示した。

「嗅覚に異常が生じていた可能性が高い。認知症の初期症状ではないか」

それが土屋の推理だった。それに基づいて康夫の脳細胞を分析した結果、ベータアミロイドと呼ばれる物質がかなりの濃度で検出された。ベータアミロイドは四十個ほどのアミノ酸が繋がった短いタンパク質で、アルツハイマー病の進展と深い関係があるとされている。

それを受け、改めて康夫の周囲の人々に聞き込みを行ったところ、「最近はもの忘れが増えていたようだ」という証言がいくつか得られた。ただ、認知症の可能性を疑っていた人間は一人もいなかったことから、日常生活に支障が出るほど症状は進展していなかったようだ。

事件の真相を思い出しつつ、「北上さんと一緒に、屋敷を見に行きましたよね」と松山は言った。

「ああ、うん。外を調べたね」

「あの時に俺、にんにくの匂いを感じてたんです。あれの正体は不明ですけど、ちょうど地下室の真上だったんですよね。だから、漏れてきたアルシンの匂いだった可能性もあるな、って思ってます」

「それはどうかな。匂いの漏れはなかったはずだけど」

「実際にアルシンの匂いだったかどうかは別にいいんです。それよりも、あの時点で地下室の存在に気づけたんじゃないかって、それが気になっています。X線を使えば隠し部屋を見つけられたと思うんです」

「うーん、それを言い出すとキリがないからなあ」と北上が渋い顔をする。「反省は重要だけど、気づかなかったことで具体的な損害が出たわけじゃないし、そこまで気にしなくてもいいんじゃないかな」

「経験を積めば、洞察力は高まりますかね」

「人によるかな。たぶん、土屋さんは若い頃から鋭い推理を披露してたと思う。でも、歳を重ねれば重ねるほど判断ミスは減るよ。だから、焦らずにやっていけばいいんじゃないかな」

「そうですね。ありがとうございます」

北上がそこで、卓上のカレンダーに目を向けた。

「今日は七夕か……。院試の準備期間はどのくらい必要かな」

「え？　自分で決めていいんですか」

「というか、決めてもらいたいと思ってる。土屋さんとも相談して、そうしようって結論を出したんだ。僕はこの大学の出身じゃないし、土屋さんが受験したのはずいぶん前だから、適切な期間を設定するのが難しいんだ。だから、松山くんや藤生さんの意見を全面的に取り入れて、柔軟に対応するつもりだよ」

「なるほど。じゃあ、同級生や院生に話を聞いてみます」

「八月いっぱいくらいかな」

「それはさすがに長すぎる気がします。空き時間に勉強しますし、研究室をお休みするのは二週間くらいで充分かと」

「そっか。じゃあ、もう一件くらいは捜査協力できそうだね。早めに選んで、さっさと取り掛かれるようにするよ」

北上は小さく笑って、「ところで」と自分の椅子に腰を下ろした。「松山くんも、科学捜査に携わる仕事を目指すのかな」

「まだその辺は未定です。興味はあるんですけど、公務員試験に受からないといけないですし、そもそもの倍率もかなり高いみたいですから」

「目標に設定するのは怖い？」

「ですね」と松山は正直に言った。「就職浪人は避けたいです」

「まあ、いったん民間企業に就職して、中途での採用を狙うパターンもあるけどね。どっちにしても狭き門なのは確かだから、無理には勧めないよ」

「北上さんはどうして科捜研を志望したんですか？」

「そうだね……。根っこにあったのは、地元で働きたいって気持ちかな。親が公務員で、安定した仕事を望んでいたのも影響してる。あとは、職人気質というか、モノを相手にするタイプの職業が自分に合ってる気がしたから、分析関連の職種に絞って就職活動を進めてたんだ。で、運よく道警に入れたって感じだね」

「なるほど。参考になります」

「藤生さんとはそういう話をした？」

「……ええと、具体的なことは全然ですね。俺の方針が固まってないし、相談に乗ってもらうのは時期尚早かなと」

松山はそう答えて、藤生の席をちらりと見た。

そういえば、彼女は何か目的があって、この研究室を選んだようなことを匂わせていた。とても個人的な事情だ、とも言っていた。

科学捜査の基礎技術の習得以外に、何か理由があるのだろうか？

あれから折に触れて考えてきたが、未だに答えは出ていない。

……まあ、頭をひねったところでどうにもならないよな。

松山は嘆息し、課題として与えられたMSチャートを手に取った。

8

その電話は、自宅に戻ってきた直後にかかってきた。

スマートフォンの画面には、「出雲所長」と表示されている。連絡先は交換していたが、電話はこれが初めてだ。

藤生星良は急いで荷物を置き、スマートフォンを耳に当てた。

「出雲だ。いきなりすまない。話したいことがあるんだが、大丈夫かね」

「はい。自宅ですので、話を聞かれることはありません」

「そうか。では、手短に伝えよう。例の件だが、担当者の同意が取れたよ。二、三日中に土屋のところに連絡がいく手はずになっている」

「本当ですか！　ありがとうございます」

藤生は思わず、誰もいない廊下に向かって頭を下げていた。

「案外、向こうも興味を示していたよ。捜査を打開する新たな方策を求めていたのだろう。決して、強引に説き伏せたわけじゃないから安心してほしい」

「……本当にありがとうございます。私の個人的なお願いを聞き入れていただけたことに、心から感謝します」

「そんなに恐縮しなくてもいい。これは、一〇〇パーセントの善意からの行動ではないんだ。私には私の考えがある」

「それは、どういう……」

「君の熱意が、土屋のやる気を引き出すんじゃないかと思ってね」と出雲は言った。

「打算的なことを言ってしまってすまない。ただ、こちらの意図を隠すのはフェアではない気がしたんだ。私の考えを正直に話しておきたかった」

「……いえ、それでも構いません」と藤生は口元を引き締めた。

出雲の発想は、ある意味では非道だ。藤生を利用して土屋を奮い立たせようと企《たくら》んでいる。目的のためなら手段は選ばない——やはり出雲は、普通の精神の持ち主ではないようだ。あるいはそれだけ土屋に入れ込んでいるということか。

まともな判断ができる人間なら、藤生の希望をあっさりと却下していただろう。自分は、それほど非常識なことに挑もうとしている。

いずれにせよ、賽《さい》は投げられた。出雲の目論見《もくろみ》が何であれ、ゴールは自分と同じところにあるはずだ。事件を解決に導くこと。それだけを考えればいい。

「捜査協力を実行に移す前に、一つだけ確認したい。土屋たちには事件の詳細な資料を見せることになる。それでも構わないかね？」

「ええ、もちろんです」と藤生は即答した。その覚悟がなければ、出雲に「あのこと」を話したりはしなかっただろう。

「……寝た子を起こす、という言葉を知っているかな。捜査の結果、思いがけない事実が明るみに出る可能性もある」

「それが真実であるならば、どんな結果も受け入れます」

「……分かった。では、話を進めることにしよう。平常心を保つのは難しいかもしれないが、全力を尽くしてもらいたい。君の望む結果が出ることを願っているよ」

通話を終わらせ、藤生は大きく息をついた。

ようやく、と言うべきだろうか。それとも、思いがけなく、と捉えるべきだろうか。

とにかく、自分はもうすぐスタートラインに立つことになる。

この選択が、どんな結末をもたらすのか。それは誰にも分からない。

ただ一つ言えるのは、「自分は真実を知りたいと思っている」ということだけだ。

スマートフォンを持ったままの左手が震えていた。

藤生は右手で震える手首を強く握り、「……やるって決めたんだから」と自分に言い聞かせるように呟いた。

第四話　絞殺のサイコロジー

1

――ああ、またこの夢だ。

藤生星良は達観した気持ちで、自分が「あの光景」を夢に見ていることを認識した。これが、二百五十九回目ということになる。

改めて不思議だなと思う。夢を見ていると自覚できるのは、この夢だけだ。普段、眠っている時に他の夢も見ているはずだが、睡眠中はそれを意識することはないし、目覚めたらあっという間にその記憶は消えてしまう。

この夢だけが特別なのは、見ている回数が圧倒的に多いからだろう。ただ、この光景がそこまで記憶に残るものだったかと訊かれると、答えはノーだ。繰り返し夢の中で同じ経験をしているので記憶が鮮明化されているが、夢を見ていなかったら忘れてしまうような時間だったと思う。

藤生はそんなことを冷静に考えながら、大人たちの様子を眺めていた。

座卓が整然と並んだ、だだっ広い和室。藤生や喪服の大人たちは、ここで火葬が終わるのを待っている。

大人たちは時々、小声で言葉を交わし合っている。声はよく聞こえない。夢だからではなく、現実の過去においても、大人たちのやり取りを聞き取ることはできなかった。

ただ、八歳だった当時の自分は、その時点で彼らが何について話しているかを理解していた。なぜなら、自分も同じ疑問を抱いていたからだ。

——いったい、誰が殺したのか。

葬儀に参加し、遺体が骨になるのを待っていた全員がそのことを考えていたはずだ。

藤生はこの一度しか、身内の死に立ち会ったことがない。だから、「普通の亡くなり方」をした人間の葬儀がどんな風なのか知らない。

事故死なら涙を流す遺族は多いだろう。百歳を超えてからの老衰なら、笑顔で生前の思い出を語る遺族もいるだろう。

ただ、他のどんな死であっても、こんな不快な待ち時間にはならないのではないか。そう確信できるほど、広すぎる和室には重苦しい空気が立ち込めていた。

代わり映えのしない場面がひたすら続き、やがてテレビの電源を切るように唐突に夢が終わった。

ゆっくりと目を開ける。

天井のＬＥＤライトは相変わらず煌々《こうこう》と白い光を放っている。

それをぼんやりと見上げていた藤生は、夢から覚めた時に感じる寒気が襲ってこないことに気づいた。室内はエアコンがよく利いていて、寒さを感じるほどだ。それなのに、熱っぽさも喉の違和感もない。

「……いつ以来かな」

体調を崩しかけた時は、いつもあの夢を見る。逆に言えば、あの夢を見た時は発熱することがほとんどだ。夢を見た回数は記録しているが、体調がどうだったかは覚えていない。正確なことは分からないが、おそらく数年ぶりだ。

夢を克服した――わけではないだろう。それはあまりにポジティブすぎる考え方だ。そうではなく、気力の充実が免疫力を高める方向に働き、ウイルスの侵入を防いでいるのではないかと思う。要するに、気持ちが高ぶっているのだ。

あるいは、高揚感のせいで疲れを感じにくくなっているのかもしれない。疲れていないと思い込んでいるだけで、実際には肉体に疲労が蓄積しているのではないだろうか。張り詰めていた気力が途切れた時、反動で大きく体調を崩す可能性もある。

それでも構わない、と藤生は思った。無理のしすぎで入院する羽目になったとしても、持てる力のすべてを次の捜査協力に注ぎ込むつもりだった。

枕元のスマートフォンを手に取る。時刻は午前四時半だ。四時間ほどしか寝ていない計算になるが、すっかり覚醒していた。

このまま横になっていても眠ることは難しいだろう。藤生はそう判断し、ベッドを降りてノートパソコンの前に座った。スリープモードを解除し、デスクトップの文書ファイルを開く。藤生が独自にまとめた、「あの事件」の資料だ。

藤生はそれを何度も読み直しながら、窓の外が白々と明るくなり始めるまで、今の自分にできることを考え続けた。

2

七月十三日、月曜日。

「そろそろ行こうか」と北上に声を掛けられ、松山は「はい」と席を立った。時刻はもうすぐ午前十時になるところだ。

松山は北上と共に、科学警察研究講座の事務室を出た。今日はこれから全員揃ってのミーティングが開かれることになっている。

廊下を歩きながら、「北上さんは内容を聞いているんですか」と尋ねた。

「いや、何も知らされていないんだよ。土屋さんも知らないと言っていたね」

「え、そうなんですか。じゃあ、藤生さんが一人で準備したってことですかね……」

今日は藤生から、次に取り組む予定の事件についての説明があると聞いている。

「いや、それはちょっと違うみたいだ。警察とのやり取りは、科警研の出雲所長が主体的になって進めたらしい。出雲所長から電話で『取り組むべき案件だと判断した。よろしく頼む』って連絡があったって土屋さんに聞いたよ」

「科警研って、本物のやつですよね」

「そう。千葉県の柏《かしわ》市にある、科学警察研究所のことだよ」

それはつまり、藤生が科警研の所長と連絡を取り合っていた、ということだ。松山にとってその事実は、青天の霹靂《へきれき》としか言いようのないものだった。いったいどんな経緯でそうなったのか。事情がまったく分からない。

「出雲所長が藤生さんを指名して、事件への協力を依頼したってことでしょうか」

「いや、その辺はよく分からないなあ。ただ、きっかけは本郷三丁目の駅前で顔を合わせたことらしいね。出雲所長には君たちのプロフィールを送っていたんだ。それを見て顔を知っていたから、所長の方から藤生さんに話し掛けたみたいだよ」

「それで面識が生まれたと……。でも、だからって、捜査協力がどうこうなんてところまで話が進みますかね」

「普通ならありえないだろうね。だから、普通じゃない何かがあったんだと思うよ」

「それはいったいどんな……」

「うーん。無理にここで理由をひねり出さなくてもいいんじゃない。たぶん、藤生さんの口から語られるはずだよ」

北上の言い分はもっともだったが、いったん気になりだすと思考を止めるのは難しい。あれこれ想像しつつ、六階の会議室に向かう。

ドアを開けると、室内には藤生の姿があった。プロジェクターに接続したノートパソコンの画面をじっと見つめている。土屋はまだ来ていないようだ。

「お疲れ様です。土屋先生が来られたら、すぐに始めたいと思います」

藤生の声には緊張感があったが、表情は落ち着いていた。かなり念入りに発表の準備をしてきたのだろう。自信が感じられる。

「ええと、今日発表する案件は、引き受けることが確定済みなのかな」

テーブルにつき、北上がさりげない感じで尋ねる。

「いえ、まだ確定ではありません。ただ、捜査を担当している竹《たけ》の塚《つか》警察署にはすでに連絡を取り、捜査協力の許可を得ています。今日、皆さんの賛同が得られれば、すぐにでも調査を始められます」

藤生の説明に、松山は引っ掛かりを覚えた。いま彼女は、「捜査協力の依頼があった」ではなく、「捜査協力の許可を得た」と言った。許可ということは、今回の話は向こうから来たものではない、ということか。

「藤生さんの方から、捜査に協力したいって申し出たの？」と松山は気になったことを質問した。

「……その辺の事情も、あとで説明するから」

藤生はわずかに眉間にしわを寄せ、低い声でそう言った。ちゃんと説明するから静かに待ってて、と注意されたような気がして、松山は「……うん」と黙り込んだ。

そして、会議室には沈黙が訪れた。

藤生は手元の資料を見ている。北上は瞑想《めいそう》をするかのように、腕を組んで目を閉じていた。室内には張り詰めた空気が漂っていた。

印刷してきた論文を読もうとしたが、どうにも集中できない。論文中の図をぼんやり眺めて時間を潰していると、土屋が会議室に姿を見せた。

「遅れてすまない。今日は話を聞けばいいんだな」

「はい。皆さんのご意見を伺いたいと思います」

藤生が、数枚のコピー用紙を綴じた資料を全員に配付する。最初のページに事件の概要が記載されていた。事件の発生日時を見て、「あれ？」と松山は思った。そこにあったのは、二〇〇六年という数字だった。

十四年も前の事件……？

「これは、二〇一六年の書き間違いではないんだな」と土屋。彼も同じところで引っ掛かったらしい。

「はい。二〇〇六年で合っています」

「分かった。じゃ、説明を頼む」

「事件の発生日時は、九月八日の午後二時半頃です。足立《あだち》区内の公園内で、当時三歳だった男児の遺体が発見されました。死因はロープで首を絞められたことによる窒息で、首の皮膚には明瞭な索条痕が残っていました。なお、それ以外に目立った外傷はありませんでした。物証は皆無で、目撃情報にも乏しかったことから、犯人の特定には至っていません。事件発生から十四年が経とうとしている今も、捜査は続いています」

確かに陰惨な事件だ。藤生が、幼い命を奪った残酷な犯人を突き止めなければという使命感を抱くのも分かる。

だが、それでも疑問は残る。

松山が口を開く前に、「ちょっといいかな」と北上が手を挙げた。

「未解決事件は他にもたくさんある。その中から、どうしてこの事件を選んだのか、その理由を聞かせてほしい」

北上の言葉に土屋も頷いている。二人とも、松山と同じことを疑問に思ったようだ。

「……資料では名前は伏せていますが、亡くなった男の子の名前は、『藤生爽真《そうま》』といいます」

藤生はそう明かし、小さく息をついてから言った。

「爽真は、私の実の弟です」

彼女の言葉が耳に届いた瞬間、頭の中を巡っていた疑問が霧消した。

殺されたのが身内の人間だから。それは、一切の異論を差し挟む余地のない、ある意味では最強の理由だった。

「……出雲さんが『よろしく頼む』と念を押してきた理由が分かった。やるなら気合を入れて取り組め、ってことだな」と土屋が嘆息する。

「難しい判断だったと思いますが、出雲所長は私の希望を叶えてくださいました」と藤生が土屋をまっすぐに見つめながら言う。「いかがでしょうか。この事件について、どう思われますか」

「俺は最後にしてくれ。俺があれこれ言うと、そこで方針が決まりかねないからな。まずは若い者からだ。松山はどう思う」

いきなりバトンを渡され、頭の中が真っ白になる。

「ええと……何と言っていいのか……」

「皆さん、忌憚《きたん》のない意見をお願いします」と藤生が真剣な眼差しを向けてくる。「こうして皆さんの前で話をすると決めた時点で、心の準備はできています。何を言われても大丈夫ですから」

た。

「だそうだ。どうだ、松山」

土屋が再び水を向けてくる。松山はうつむき、テーブルに置いた自分の手を見つめ

「……そうですね。すぐには考えがまとまらないんですけど、最初に二〇〇六年って聞いた時に、『昔すぎる』と思いました。それだけ時間が経つと、重要な証拠も失われているんじゃないかなって……。そこが一番の懸念事項ですかね。……すみません、重箱の隅をつつくようなことを言ってしまって」

「いや、そんな卑下することはないよ」

すぐさま北上が言う。

「僕も松山くんと同じことを思ったよ。事件を解決したいって想いは理解できるし、そういう熱意が閉塞を打破する鍵になることもある。でも、ここでは理性的に可能性を論じなきゃいけない。だから、勝算の有無を尋ねさせてもらう。資料を読む限りでは、物証と呼べるものはなさそうに思える。そして、十四年という歳月が経っている。二つも大きなハンディキャップを背負っているんだ。それでも、僕たちが全力を尽くせば突破口が開けるっていう自信があるのかな」

北上の口調は冷静だったが、問い掛けの内容は極めてシビアなものだった。

藤生は質問を嚙み締めるように数秒間考え込み、「事件を解決できるという保証は

ありません」と答えた。

「ただ、一つお伝えしたいことがあります。実はこの事件に関しては、警察がマークしていた重要な容疑者がいます。当時二十五歳だった男性で、現場のすぐ近くに住んでいました。この男性には、八歳の男児を自宅に連れ込んだ罪で実刑判決を受け、二年間服役していたという過去があります。事件当日のアリバイはなく、犯行は充分に可能でしたが、犯人だと断定する決め手が見つけられず、逮捕には至りませんでした」

「とりあえずは、その男が真犯人かどうかを調べる、ってことか」頬杖を突きながら土屋が呟く。「分析の対象は、被害者の首の索条痕だけか？」

「首を絞めたロープは遺体のそばで見つかっています。それと、被害者が身につけていた衣服が証拠品として保管されています」

「当然、ＤＮＡやら毛髪やらの採取は行われているよな？」

「はい。当時の分析では、男性の犯行を立証できるようなものは出ませんでした」

「しかし、今の分析技術なら、見えなかったものが見えるはずだ、ってことか」

「『今の』というより、『少し未来の』という方が正しいですね。実用化されていない、論文レベルの分析手法にも挑戦したいと思っています」

「なるほど。全力を尽くす覚悟はあるってことだな」と土屋が頬杖の姿勢を解いた。

「二人とも、質問は終わりか？　だったら、やるやらないの意思表示をしてくれ」

「勝算どうこうの話をしましたけど、僕は最初から反対するつもりはありません」と北上が先に口を開いた。「四年生の二人が研究室に配属になって、三カ月が過ぎました。基礎トレーニングも一段落しましたし、そろそろ自分で考えて動く頃合いです。藤生さんがやりたいというなら、それで構わないと思います」

「それはあれか？　自分は関わらないってことか？」

「僕が主体となって進めることはない、というだけですね。アドバイスはしますし、必要なら現場の調査にも同行しますよ」

「了解だ。で、松山はどうだ」

土屋の視線がこちらを向く。それと同時に、北上と藤生も松山を見た。

「自分も北上さんと同じです。反対する権限はないかなと思います」

「藤生への協力は？」

「それはもちろんやりますけど」

「すみません、いいですか」

そこで藤生が会話に割り込んでくる。

彼女は全員を見回し、「私のテーマではなく、研究室のテーマとして取り組みたいんです」と強い口調で言った。「全員でやった方が、望ましい結果が出る確率は高まります。全力を尽くすというのは、そういうことだと思いますから」

「どうせやるなら、一〇〇パーセントで、か。筋は通っているな」と土屋が納得顔で言う。「二人はどう思う？」

「藤生さんの本気度は充分に伝わってきました」と北上が腕組みをした。そのやる気に応えたいとは思いますが……」

「だったら、期限を設けるのはどうですか」

ぱっと思いついたアイディアを松山は反射的に声に出していた。

「期限？」と藤生が眉根を寄せる。

「北上さんは自分の研究があるし、俺もいずれは自分だけの卒業研究をやることになると思うんだ。だから、期間を決めて、その間は藤生さんが持ってきた案件に力を注ぐ、っていうのはどうかなって……」

「まあ、その辺が落としどころだろうな」と土屋が立ち上がった。「四年生は院試の準備もある。今日からきっかり一カ月。それをタイムリミットにするか。藤生、それで構わないか？」

「……。納得のできる判断だとは思いますが、一つお願いしたいことがあります。もし解決しなかった場合は、自分の卒業研究テーマとして引き取らせてください」

「それは今は約束できないな。期日が来てから考えよう」

「……分かりました。わがままを言ってしまってすみませんでした」

「いや、それくらい強引なやつがいてもいいと思う。昔の自分を思い出したよ」と土屋は口の端を持ち上げた。

「土屋先生も、この事件の調査に参加していただけますか」

「いいよ、と言いたいところだが、四六時中は無理だな。環科研の方の仕事もある。環境科学ってのは、扱うテーマごとに旬の季節があるんだ。春夏秋冬、それぞれの時期にそれぞれやるべきことが決まってる。だから、空き時間での対応になるな」

「つまりは、いつも通りということですね」

「ま、そういうことだな。ある程度情報が出揃ったら議論をしよう。君らの『全力』に期待している。じゃ、俺は講義があるから」

土屋はその言葉を残し、会議室を出ていった。

ドアが閉まるのを見届け、藤生は大きく息をついた。

安堵の気配が感じ取れたのはその一瞬だけだった。藤生は立ち上がると松山たちに向き直り、「よろしくお願いいたします」と頭を下げた。

その乱れのない姿勢から、松山は彼女の並々ならぬ覚悟を感じ取った。

その凛々しさ、気高さに、ふいに目頭が熱くなる。

――いやいや、泣くのはダサすぎるだろ。

松山は慌てて手の甲で涙を拭い、「頑張ろう」と藤生に声を掛けた。

3

翌日。松山は普段より少し早い、午前八時半に大学にやってきた。

事務室には藤生がいた。打ち合わせに使うテーブルの上には、数十枚の写真が整然と並べられていた。

「おはよう。その写真は……」

「おはよう。遺体の首元を撮影したものだよ」と藤生が表情を変えずに言う。

やっぱりそうか、と思いながら、松山は恐る恐る写真の一枚に目を向けた。

そこに写っていたのは、生白い首だった。服は着ていない。撮影された角度は様々で、顎や肩は写真の中に収まっているが、鼻から上は見えない。そのおかげだろうか。遺体の写真だと聞かされても不気味さはなかった。ずらりと並んでいる様子は、前衛的な芸術作品のようですらある。

首の皮膚には、青黒く変色した線状の痣《あざ》があった。ロープで首を絞められた際の皮下出血によるものだ。ロープのよじれた模様までもが刻み込まれている。

唾を飲み込み、「触っていいのかな」と写真を指差した。

「これは今回の検証用に私が印刷したものだから大丈夫。あと、画像データを研究室の共有フォルダに入れてあるから」

「データがあるんだね。事件当時からデジカメで撮影してたのかな」

「フィルムとデジタルを併用してたって聞いたよ。デジタルは部内での検討用、フィルムは裁判用だったみたい。デジタルだと改ざんの恐れがあって敬遠されるみたいだね。でもこれは当時の話ね。今は一回しかデータが書き込めない仕様のデジカメが使われているらしいよ」

「へえ、そうなんだ」

気を紛らわせるために雑談を交わしつつ、写真を手に取る。

遠目に眺める分には大丈夫だったが、間近で見るとなんともいえない生々しさがあった。皮膚の質感や痣の色の毒々しさが、本能的な恐怖をあおるリアリティーを放っている。正直なところ、じっくり観察したいと思うような代物ではない。

「これ、さ……」

痰が絡んで声がかすれる。松山は咳払いをして、写真を指差した。

「痣の様子から、犯行時の犯人の姿勢は分かるのかな」

「被害者が仰向けに倒れた状態で首を絞めた、というのが警察の見解。斜めじゃなくてほぼ真横に引っ張っているから、覆いかぶさるような格好だったと思う」

「なるほど。その姿勢から、犯人の体格を推定できるんじゃない?」

「もうやってるよ。警察でその辺の検討はしていて、身長は一六〇センチ以上だろうって推定値を出してる」

「女性の可能性もあるってこと？」

「そうだね。性別も年齢も絞り込めていない」

「凶器のロープの出どころは分かってるのかな」

「近くの工事現場から持ち出されたみたいだね。杭《くい》と杭の間に渡されていたもので、長さは一メートル五〇センチ。前日から現場に落ちていた、っていう目撃情報があるし、子供がいたずらで取ってきたんじゃないかな」

「その場にあったものを利用したわけか……」

「たぶんね。発作的な犯行の匂いがするけど、凶器だけから判断するのはどうかな、って個人的には思う」

藤生の表情は険しかったが、言葉を紡ぎ出すことに躊躇はないようだった。弟の遺体写真を前にしても、冷静さは失われていない。

以前、藤生は「殺人事件について想像を巡らせるのが苦手」と語っていた。死にざまを具体的に思い描くのが辛かったのは、おそらくは弟の事件の影響だろう。悲しい記憶がどうしても蘇ってしまい、それで思考が途切れていたのではないかと思う。

ただ、今の藤生は違う。何があっても前進を止めないという、明確な意志を感じる。

事件解決に懸ける想いはそれだけ強いということだろう。

自分も、その気持ちに応じなければならない。

松山は遺体写真をそっとテーブルに戻した。

「写真を確認する前に、もう一回事件のことを振り返りたいんだ。資料だけだと分からないこともあるしさ」

「いいよ。私しか知らないこともあるだろうし」

いったん写真を片付け、向かい合ってテーブルにつく。

「まず、事件の発生状況なんだけど……」

当時の藤生家は、両親と二人の子供という家族構成だった。四人は足立区内の東伊興《ひがしいこう》という地区にある、賃貸の一軒家に住んでいた。

事件発生時、家には爽真と、母親の睦子《むつこ》がいた。父親の剛志《つよし》は勤めていた会社におり、藤生は小学校で授業を受けていた。

爽真は保育園には通っておらず、睦子が家で面倒を見ていた。昼食後に昼寝をするのが二人の日課で、その日もいつも通りに玄関脇の和室に爽真を寝かせたあと、睦子は居間でテレビを見ながらうたたねをしていた。

異変に気づいたのは午後二時過ぎのことだった。

浅い眠りから覚め、睦子は爽真の様子を見に行った。そして、布団がもぬけの殻になっているのを発見する。慌てて家の中を探したところ、玄関の引き戸が開いていることに気づいた。昼寝から起きた爽真は一人で外に出ていったものと推測されている。その日はたまたま鍵を閉め忘れていた、とのちに睦子は証言をしている。

睦子はすぐさま爽真を探しに出た。そして、家から八〇メートルほどのところにあった公園内で、ぐったりしている爽真を発見した。サクラの木々に囲まれた一画に、仰向けに倒れていたという。

彼女は現場の最寄りの交番に飛び込み、事件の発生を告げた。交番までの距離は、およそ一五〇メートル。対応に当たったのは、島本哲人《しまもとてつと》という警察官だった。

島本は即座に交番を飛び出し、睦子の案内で現場に駆け付けている。人工呼吸と心臓マッサージを試みたが、爽真が息を吹き返すことはなかった、と彼は証言していた。ちなみに、島本は蘇生方法の講習を受けていたという。

以上が、関係者の口から語られた事件発生時の状況だった。

資料に記載された概要を振り返りつつ、「お母さんが交番に助けを求めた様子を見ていた人はいたのかな」と質問した。

「うん。道路を挟んで交番の反対側にあるコンビニエンスストアの店員が証言してる。私の母が交番に到着したのが午後二時二十五分前後だから、弟を探していた時間は、十七、八分くらいかな」

「爽真くんが一人で家を出ちゃったのは何時くらいなのかな」

「母が居眠りを始めたのが午後一時四十分頃だから、そこから二時の間で間違いないと思う」

「それ以上は絞り込めなかったんだ」

「そう。目撃情報が一件もなかったから……。平日の昼間だし、住宅街の人通りが少なかったせいだと思う」

「監視カメラは？」

「一応、事件現場周辺のものはチェックしたけど、そっちも空振りだったって」

「そっか……」と松山はため息をついた。やはり、事件発生から十四年が経とうとしているだけのことはある。手掛かりはかなり少ないようだ。

それにしても、ここまで目撃情報に乏しいと、ついつい神隠しを連想してしまう。現代においても、幼い子供がふいに姿を消し、そのまま行方不明になる事件は時々起きている。夜ではなく日中で、親や周囲の人間がちょっと目を離した隙にいなくなってしまうのだ。そして、どれだけ大人数で探しても決して子供が見つかることはない。その不可解さは、本当に神の仕業ではないかと思いたくなるくらいだ。

消えた子供が遺体で見つかったという違いはあるものの、この事件もそれらの行方不明事件と似たような「匂い」を感じる。

「この間の説明で話していた、警察がマークしてた男性って、現場からどれくらいのところに住んでたの？」

「公園の目と鼻の先にあるアパートの一階だよ。警察の人は、『公園に来る子供を部屋から眺められるようにそこを借りてたんじゃないか』とも言っていたよ」

問題の容疑者の男の名は、滑川《なめかわ》という。当時は運送会社のアルバイトとして働いており、事件当日は仕事が休みで家にいたという。

藤生の説明にあった通り、滑川には未成年者略取の前科があった。事件を起こしたのは大学二年生の時で、逮捕のひと月後に大学から退学処分を受けている。滑川には、いわゆる小児性愛の傾向があり、小学校低学年の男児に対して特に強い興味を抱いていた。それを考えると、事件の容疑者としてマークされるのは当然だろう。

「爽真くんは、現場となった公園でよく遊んでたの？」

「そうだね。よく平日は散歩に行ってたみたい。土日は私も母についていって、爽真と一緒に遊んでた記憶があるよ」

「だったら、滑川に目を付けられてもおかしくないかな……。でも、彼の犯行を示す証拠は一切出なかった……と」

「そうなんだよね」と藤生が眉間にしわを浮かべる。

「家から公園までの距離は八〇メートルだよね。どう行くのかな」

「家を出てから四〇メートル歩いて、丁字路を右に曲がってさらに四〇メートルで公園に着くよ」

「爽真くんは事件当時、三歳二カ月だったんだよね。体格は同年代の男児と比べてどうだった？」

「平均よりは小柄だったと思う」

「なるほど……思ったことを正直に言ってもいいかな」

「もちろん。遠慮される方が逆にムカつくくらいだから」

「爽真くんが、お母さんが居眠りを始めた直後の一時四十分に家を出たとしようか。公園まで三分で到着したとして、四十三分。爽真くんを探してたお母さんが公園に来たのが二時二十分くらいかな。計算すると、爽真くんが公園にいたのは最大で四十分程度ってことになるよね。滑川の犯行だったとして、果たして痕跡を消すだけの時間があったのかな」

「それは……ないとは言えないんじゃないかな」

「可能性はもちろんあるよ。ただ、今の仮定は状況から推測できる最長の時間だからね。実際にはもっと短かったと考えると、証拠隠滅の時間はさらに減るよ。しかも、当日爽真くんが一人で現れたのは偶然だ。滑川には事前に準備はできなかったはずで、警察が犯行を立証できなくなるレベルまで痕跡を消すのは、現実的にはかなり厳しいんじゃないかと思う」

　率直な松山の意見に、藤生が黙り込む。

　十数秒の沈黙のあと、彼女の口から出てきたのは、「前科があるからこそ、慎重に行動するようになったのかもしれない」という呟きめいた一言だった。

「どういう意味？」

「だから、常に準備をしていたってこと。犯行のチャンスが来た時に慌てないように、手順を頭の中で組み立てていたの。その手順の中には、指紋を付けないとか、毛髪を落とさないとか、体液を衣服に付けないとか、そういうものもあった。だから、短時間でも証拠を残さずに済ませられたんじゃないかな」

「うーん、まあ、ありえなくはないけど……」

　どうも藤生は、滑川が犯人だという前提で推理を組み立てているようだ。確かに滑川は怪しい。ただ、証拠がなければただの言いがかりにしかならない。

　証拠……証拠……。

　頭の中でその言葉を繰り返していた時だった。松山はふとあることに気づいた。

　――実際にはもっと短かったと考えると、証拠隠滅の時間はさらに減るよ。

　さっき、自分が口にした理屈だ。よく考えてみれば、それが当てはまるのは滑川だけではない。犯行に使えた時間は短い。誰が犯人であれ、証拠を消すだけの余裕はなかったはずなのだ。

　ということは……。

「……松山くん？」

　藤生に声を掛けられ、松山は慌てて顔を上げた。

「あ、え、何かな」

「黙って考え込んでたから、どうしたのかなと思って。何か思いついたのなら、話してみてよ」

「思いついたっていうか、滑川の家を調べたのかなって。前に事件を起こした時は、家の中に連れ込んだんだよね。だったら、次も同じようにやるんじゃないかな」

「……家宅捜査は行われなかったよ。裁判所が捜索差押許可状を出してくれなかったみたい。ただ、家の中を調べていたとしても、何も出なかった可能性が高いと思う。部屋を片付けるだけの時間はたっぷりあったから」

「そっか。事件が起きた当日に調べなきゃ意味ないか」

　松山はそう言うと、「ちょっとトイレに」と席を立った。

　廊下に出て、大きく息を吐き出す。どうやら、藤生に怪しまれずに切り抜けられたようだ。

　家宅捜索についての疑問は、とっさにひねり出したものだった。本当はまったく別のことを考えていた。

遠慮される方が逆にムカつく、と藤生は言っていた。彼女は忌憚のない意見のぶつかり合いを望んでいる。その想いに応じたい気持ちはあるが、それでも言えないことはある。人として越えてはいけない一線。松山の頭の中に生まれたのは、そのタブーを破るような推理だった。それを口に出したら、確実に藤生を傷つけてしまうだろう。だから、松山は適当にごまかすことを選んだのだった。

ただ、決して可能性を弄ぶような、無理に無理を重ねた推理ではない。事件の発生状況を見直した結果、自然に思い浮かんできたものだ。

これは藤生だけではなく、北上や土屋にも言えそうにない。それでも、誰かに打ち明けたくて仕方なかった。思いついたことを話して、それできちんと否定してもらいたかった。「それは違うよ」と言ってほしかった。

誰にだったら話せるだろうか。正面から自分の推理を受け止めてくれる人はいるのだろうか……。

松山は推理をぶつける相手について考えながら、ゆっくりと廊下を歩き出した。

4

七月十五日、水曜日。松山は一人で竹の塚警察署にやってきた。

幹線道路沿いに聳《そび》える建物の佇まいは、一流企業の本社ビルのようだ。玄関の庇《ひさし》で輝く旭日章《きよくじつしよう》がなければ、まず警察署だとは気づかないだろう。

時刻は午後四時。まだ太陽は高い位置にあったが、日差しは少し和らいでいて、屋外にいてもそこまで暑さは感じない。

松山は玄関の自動ドアを見つめながら深呼吸した。緊張しているのが自分でもよく分かる。松山は自動車免許を取得していないため、警察署に足を運んだのはこれが生まれて初めてだった。

ここに来ることは、研究室の誰にも話していない。自分で警察署に電話をして、面会のアポイントメントを取った。そうするのがベストだと判断したからだ。

玄関前でうろうろしていたら、よからぬことを企てているのだと誤解されかねない。松山は鼓動が落ち着くのを待たずに自動ドアを抜けた。

中に入り、よそ見をせずにまっすぐに受付に向かう。カウンターには、警察の制服を着た若い女性がいた。大学名と名前を伝え、面会の約束をしていることを話すと、ベンチで待つように言われた。

　ベンチに腰掛け、「ふーっ」と息をつく。最初のハードルを越えたことで、周りを見渡す余裕が出た。辺りの雰囲気は区役所のそれによく似ている。横長のカウンターには「総合受付」の他に、「地域課」や「生活安全課」などと書かれたプレートが置かれており、それぞれに受付の署員がいた。いかにも「お役所」っぽい景色だ。

　一人の老婆が、カウンターに肘をつくようにして必死に話をしている。どうやらオレオレ詐欺に遭ってしまったらしい。なんとかお金を取り戻したいと涙目に訴えていた。

　気の毒に思いながら彼女の話に耳を傾けていると、スーツ姿の男性が近づいてきた。年齢は四十歳前後だろう。眉がきりりと濃く、顔の彫りが深い。再放送で見た、古い刑事ドラマの熱血漢の主人公に似ているな、と松山は思った。イケメンではなく、「男前」と呼びたくなる顔立ちだ。

「東啓大学の学生さんは君かな？」

「あ、はい。松山と申します」

「どうも。警務課の島本です」

　島本は落ち着きのある渋い声で名乗った。彼は、藤生睦子が事件の発生を告げた時、交番にいた警察官だ。今は交番ではなく竹の塚警察署に勤務しているという話だったので、こうして面会の場を設定してもらった。当事者である彼に、「あの推理」をぶつけてみたい。松山はそう考えていた。

「いきなり連絡をしてしまってすみません。面会に応じていただき、ありがとうございます」

「うん。部屋を取ってあるから、そこで話をしようか」

「分かりました。お願いします」

松山は島本と共に廊下を進み、案内された部屋に入った。六帖ほどの広さで、事務机を挟む形で二脚の椅子が置かれていた。全体的にやや薄暗い。

「ここは、取り調べ室ですか」

「いや、署員が打ち合わせに使ったり、区民の方の話を聞く部屋だよ」と島本が笑う。

「取り調べ室は上の階にあるんだ」

「あ、そうですか」

どうでもいい質問をしたおかげで、少し緊張が解けていた。松山は椅子に座り、ぐっと背筋を伸ばした。

「島本さんは、僕たちのことをどのくらいご存じなのでしょうか」

「担当者から事情は聞いたよ。例の事件の捜査に協力してくれているんだよね」

「はい。島本さんは、あの事件の捜査には参加されていないのでしょうか」

「ああ。一度もないね」と島本が首を振る。「事件関係者が捜査に加わるのは宜しくないという判断だと思う。資料には何度も目を通したけどね。ちなみに警務課は人事や会計を行う部署だから、捜査に直接関わることはないよ」

「そうなんですか」

「それにしても驚いたよ。まさかあの星良ちゃんが、自ら事件に関わろうとするとは思わなかった」島本は沈んだ声で言い、ため息をついた。「責任を感じるよ。警察が事件を解決できなかったせいで、彼女の進路を歪めてしまった」

「それは……」

そんなことはないですよ、とはとても言えなかった。弟の死が藤生の人生に大きな影響を与えたのは間違いない。

「今日、彼女が来たらどんな顔で迎えようか、迷っていたんだ。だから、君一人だと分かって安心したよ」

「……藤生さんには何も言っていません」と松山は唇をぎゅっと結んだ。「これからする話を、事件の関係者に聞かせたくはなかったんです」

「そうか。……話してみてくれるかな」

「事件の資料には目を通しました。現場にほとんど証拠が残っていなかったそうですね」

「そうだね。指紋も毛髪も体液も、それから足跡も出なかった」

「犯人が犯行後に現場に滞在できた時間は、最大でも四十分程度しかなかったはずです。その時間で、果たして証拠を消し去れるものなのでしょうか」

「『容易ではないが、やり遂げたのだろう』というのが捜査本部の見解だよ。当時も、今もね。指紋は手袋で防げるし、足跡はその後の救急搬送などで紛れてしまったと推測できる。あとは毛髪と体液だ。屋外だから毛髪は飛んでいく。体液は、そもそも付着させないように注意すれば証拠は残らない。そう考えれば、さほど不可解でもない」

「……でも、『難しい』という認識はあるんですね」

「ああ。個人的には、『犯人は運がよかった』と感じているよ。遺棄現場の周囲は五メートル超の木々に囲まれていたし、公園の周囲には枝葉の伸びた植え込みがあった。通行人から見えづらい位置だったのは確かだが、姿を見咎《みとが》められる危険性は決して低くはなかった。それなのに目撃情報が出なかったのは、幸運……いや、悪運以外の何物でもないだろう」

「確かに、犯人は運を味方につけていたようです。ただ、それは犯行以前から続いていたのではないでしょうか」

松山の言葉に、島本が濃い眉をひそめる。

「……どういう意味かな、それは」

「犯人の痕跡が出なかったのではなく、出たけど無視されたのではないか、というのが発想の原点でした。遺体に何度も触れていた人物の犯行だとしたら、証拠が見つからないという問題はクリアされます」

松山はそこで一つ呼吸を挟み、島本の顔をまっすぐに見た。

「犯人は爽真くんの母親……すなわち、藤生睦子さんだったのではないでしょうか」

考え続けてきた推理を声に出した瞬間、体温がぐっと上がった感覚があった。「母親が犯人である」という仮説が非常に不謹慎だという自覚はある。少なくとも、藤生本人には絶対に言えない。

しかし、モラルを取っ払って考えれば、母親犯人説は決して荒唐無稽ではないと松山は感じていた。

証拠のこともそうだが、「爽真が母親のうたたね中に勝手に家を出ていった」という、ありえなくはないが不自然さのある状況を覆すことができる。そう主張しているのは母親だけだからだ。はっきりとした証拠が一つもないのだ。

爽真は家を抜け出したのではなく、母親と一緒に公園に出掛けた。そして、家を出てから公園にたどり着くまでの間、誰にも目撃されなかった。

これに関しても、偶然ではなかったと考えている。「犯行に及んだ日に、たまたま誰ともすれ違わなかった」のではない。「誰ともすれ違わなかったから、犯行に及んだ」のだ。そうすれば、偶然は必然になる。

言うべきことは言った。松山は息を吞み、島本の反応を窺った。

島本は困惑した表情を浮かべている。飛躍した推理に驚いているのかと思ったが、
彼の口から出てきたのは、「資料に書いてなかったかな」というものだった。

「……何がでしょうか？」

「睦子さんの状態だよ。彼女は事件があった時、左手を骨折していたんだ」

思いがけない事実に、記載されてなかったみたいだね」

「その様子じゃ、記載されてなかったみたいだね」

「……え、ええ。どの程度の怪我だったんでしょうか」

「折れていたのは手首だよ。家の中で転んで手を突いた時にやってしまったみたいだ。

骨折した箇所を覆うようにギプスで固定されていたから、犯行は不可能だよ。力を入
れられないんだ」

「例えばロープの一端を左手に巻き付けて、右腕だけで絞めたというのは……」

「それはないよ。遺体の首のロープ痕は、両手で水平に絞めたことを示している。口
でロープをくわえたとか、足で端を押さえていたとか、そういう不自然な姿勢ではな
い。あれは睦子さんの犯行ではありえないんだ」

「……そうですか。すみません、突拍子もないことを口走ってしまって」

松山が頭を下げると、「いや、仕方ないよ」と島本が気の毒そうに言った。「おいそれと人に言えない推理だってことは理解できる。こちらに相談に来た、君の判断に間違いはないよ」

「そう言ってもらえると、気が楽になります」

「骨折の情報は共有すべきだったね。ちなみに、星良ちゃんは自分の家族の話をしていないのかな？」

「……そういえば、そうですね。事件のあと、ご両親が離婚して、藤生さんは父親に引き取られたことは知っていますが」

以前、藤生と出身地についての話をしたことがある。東京から長野に引っ越したということは聞いていたが、その理由を知らされたのは最近だ。父親は、実家がある長野での新生活を選択したのだろう。

「睦子さんのことは？」

「いえ、特には何も……」

「そうか。彼女は、事件の二年後に亡くなっている。電車に飛び込んで、自ら命を絶ったんだ」

島本の明かした衝撃的な事実に、胃の奥がぎゅっとすぼんだような感覚があった。あまりに壮絶な死に様だ。

「それは、やっぱり……」

「事件の影響だろうね。事件の半年後に離婚が成立したあと、睦子さんは青森の実家に戻ったんだが、ずっと塞ぎ込んでいたそうなんだ」と島本が嘆息する。「彼女は元々、病院で事務員として働いていたんだ。星良ちゃんを産んだ翌年に復職したんだが、その後にやってきた上司のパワハラで心を痛めてね。なんとか耐えていたが、やがて限界を迎えてしまい、復職の三年後に仕事を辞めて専業主婦になったんだ。その後も、ずっと専門医に診てもらっていたようだ」

「……睦子さんは、精神的な脆さを抱えていたということですか」

「いや、治療はうまくいっていたと聞いている。事件が起きるまでは、問題なく日常生活を送っていたんだ。ただ、あれだけの悲劇だからね……。青森でも治療はしていたようだが、効果は薄かったようだ」

島本は嘆息し、「これに関しても、責任を感じるよ」と呟いた。

「警察が犯人を見つけ出していれば、睦子さんの心を救うことができたかもしれない。最悪の結末になったことを本当に残念に思うよ」

島本の言葉に、松山はただ黙り込むことしかできなかった。

突然訪れた悲劇が、藤生家の人々の人生を変えてしまった。爽真の死が例えば事故によるものなら、おそらく様相はまったく違っていただろう。やはり、殺人は他のどんな犯罪よりも重く、強い影響を及ぼすのだ。

松山はそのことを嚙み締めつつ、藤生睦子の冥福を祈った。

5

七月十八日、土曜日。藤生星良はJR松本《まつもと》駅に降り立った。

時刻は十一時半。休日ということもあり、一緒に電車を降りた乗客は多かった。人の流れに乗って、「アルプス口」と命名された西側の出口から外に出る。

駅前のロータリーに、見覚えのあるシルバーの車が停まっていた。運転席では、父親の剛志が缶コーヒーを飲んでいる。藤生はそちらに駆け寄り、助手席に乗り込んだ。

「ありがとう、迎えに来てくれて。仕事の方は大丈夫なの」

剛志は今、市内にある予備校の講師として働いている。土曜日も講義はあるはずだ。

「昼のこの時間は空いているんだ。今日は夕方からだな」

「そっか。それならよかった」

「どこかで飯を食べていくか。何がいい？」

「せっかくだから、最近できたお店がいいかな」

「分かった。じゃ、フレンチにしよう。ここから三十分くらいかかるが、雰囲気がいいらしい」

「へえ、お父さん、どこでそんなお店を知ったの？　もしかして……」

「変な勘繰りはやめてくれ。家に届いた情報誌に載っていたんだ」

「そっか。ごめんごめん」と藤生は笑ってみせた。デートにでも使ったのかと思ったが、どうやら違ったらしい。

藤生は以前から、「いい人が見つかったら、結婚していいよ」と言っているのだが、剛志が再婚する気配はない。最初の離婚以来、ずっと独身を貫き通している。

車がゆっくりと走り出す。辺りは薄暗い。白い雲が空を覆いつくしているせいだ。

「今日は雨の予報？」

「いや、一応降らないらしい。ずっとこんな感じみたいだな」

「こっちは、梅雨ってもう明けたんだっけ」

「どうだったかな。新聞で見た記憶がないから、まだじゃないか。今年はこういう天気が多いな。曇りの日ばっかりだ。日照不足で野菜が高騰しそうだ」

「お父さん、今も自炊してる？」

「ああ。一人暮らしだから外食に切り替えてもいいんだが、ずっと自分で作って食べてるな。ちょっとした趣味だ」

と、そこで信号が赤になる。剛志は停止線にぴたりと車を停め、「何かあったのか？」と助手席の方に顔を向けた。「この時期に帰ってくるのは初めてだろう」

「うん……。理由は、二つあって。ほら、院試が八月末にあるでしょ。それの準備で勉強に集中するから、お盆は東京で過ごすつもりなんだ」

「ああ、なるほどな。で、もう一つの理由は」

信号が変わり、車が走り出す。

なかなか言葉が出てこない。藤生は膝に置いた手の甲を見つめた。一泊二日での帰省を決めたのは、その話をするためだ。今、このタイミングで話さなければ、ますます言いづらくなってしまう。

「どうした。ひょっとして、彼氏を紹介してくれるのか」

「まさか」と苦笑し、藤生は顔を上げた。「……私が科学警察研究講座ってところに入った話はしたよね」

「ああ。変わった名前だから印象に残ってるよ。科学捜査の技術を研究してるんだろ。研究は順調なのか？」

「順調かどうかはまだ判断できないかな。ようやくやりたいことが見つかったところ」

「へえ。どんな研究テーマなんだ」

何の警戒もなく、剛志が訊いてくる。藤生は覚悟を決め、「あの事件だよ」と打ち明けた。

「……あの事件って、お前、まさか」

「爽真が殺された事件だよ」

はっきりとそう伝える。剛志はハンドルを握りながら、「なんで、よりにもよって」

と首を振った。「そんなもの、断ればいいだろう」

「違うよ、お父さん。私が『やりたい』って研究室のみんなに頼んだんだよ」

「どうしてだ？　どうして、そんなことを」

「なに、その反応」藤生は父親を睨んだ。「家族を殺した犯人がまだ捕まってないんだよ。他のどの事件よりも優先的に取り組みたいと思うのは当然じゃない」

「……お前の気持ちを、初めて聞いたよ」と剛志は呟いた。「うちじゃあ、あの事件のことはタブーだったからな。一度も話題に出さなかった」

「言わなくても、私の気持ちは分かってくれてると思ってたのに」

「分からんよ、人の心の中は。それが実の娘でも」

剛志の表情に乱れはない。冷静に藤生の言葉を受け止めているようだった。

「……お父さんは、やらない方がいいと思ってるの？」

「反対はしないさ。お前が決めたんなら、別にそれでいい」

「どうしてそんなに淡々としてるの？　まるで他人事じゃない」

「他人事だと思うようにしたんだ。そうじゃなきゃ、やってられなかった」と剛志は絞り出すように言った。「爽真は事故で死んだんだ……そう思い込むようにしたよ」

「そんな……」

藤生は弟に対し、正直なところいい印象を持っていない。落ち着きがなく、ちょっとしたことで機嫌を損ねて激怒していた。なだめようとすると手を振り回して叫び、相手に噛みつくこともあった。その姿はまるで、気性の荒いサルのようだった。母親は常に疲れていて、「お姉ちゃんはこんなにいい子なのに、どうしてなの」と愚痴をこぼしていた。爽真はかなり育てにくい子供だったのだろう。

あの事件が起きる少し前に、睦子は左手を骨折した。家の中で転んだから、と周囲には説明していたが、それは嘘だ。机から飛び降りた爽真を片手でとっさに受け止めたせいで怪我をしてしまったのだ。藤生はその瞬間を目撃していた。

爽真は暴れん坊だった。それでも、藤生にとって爽真が大切な弟であるという事実は変わらない。お姉ちゃんが敵《かたき》を取ってあげる——そんな思いで今まで生きてきた。

そこでふと、藤生は違和感を覚えた。

爽真が殺されたあと、母親の睦子はひどく憔悴《しょうすい》し、まともに家事もできないようになってしまった。心のケアのために、頻繁に彼女の母親——藤生にとっての祖母が様子を見に来ていた。

では、剛志はどうだっただろうか？　思い出そうとしても、当時の父親の姿が浮かんでこない。それはおそらく、大きな変化がなかったせいだ。事件の前後で変わらなかったから、印象に残っていないのだ。

「……もしかして、お父さんは爽真のことが嫌いだったの？」

「なんだ、いきなり。そんなことあるわけないだろ」

ムッとしたように剛志が言い返す。

「事件のあとも、お母さんみたいに落ち込んだりしなかったから」

「子供にみっともない姿を見せたくなかっただけだ。親が二人ともぐったりしてたら、誰がお前を育てるんだ」

「……そっか。それはそうだよね。ごめん」

これ以上、この話題を続けたら空気が重くなるだけだ。そう思い、藤生は口を噤《つぐ》んだ。

——こんなはずじゃなかったのに。

爽真の事件に関わっていることを話したら、父親はきっと喜ぶと思っていた。

「爽真のために頑張ってくれよ」

そんな言葉を掛けてもらえると、心のどこかで期待していた。だが、それは自分の勝手な思い込みにすぎなかった。

剛志はとっくの昔に過去を乗り越え、新しい生活の方を大切に思うようになっていた。十四年間、変わらなかったのは自分だけだったのだ。

黙って外の景色を眺めていると、ふいに涙がこぼれた。

父親に気づかれないように素早くそれを拭い、藤生は目を閉じた。

6

七月二十日、月曜日。

大学の事務室で事件の資料を読んでいると、「松山くん、ちょっといいかな」と北上に声を掛けられた。

「あ、はい。なんでしょうか」

「遺体の写真の画像解析が一段落したんだ。結果を共有したいんだけど、いつがいい？」

「僕はいつでも大丈夫です」

「そっか。藤生さんは？」

「私も、特に予定はありません」と、同じように資料を読んでいた藤生が答える。少し声に力がないな、と松山は思った。彼女は先週末、長野の実家に戻っていた。事件の捜査に関わっていることを父親に話したらしいが、思っていたような反応が得られなかったのかもしれない。

とはいえ、それは家族の問題であり、他人が口出しするようなものではない。だから松山は何も言わずに、彼女が持ってきた土産のサブレを笑顔で受け取ったのだった。

「みんな大丈夫なら、今からやろうか」

三人で事務室を出て、六階の会議室に向かう。北上はプロジェクターを起動し、ノートパソコンの前に座った。

「じゃ、説明するよ。今回の解析対象は遺体の首の索状痕で、角度の異なる二十枚の写真を用いて画像解析を行ったよ。目的はもちろん、首を絞めた人物に関する手掛かりを得ることだ」

「解析は、具体的にはどのように実施したのでしょうか」と藤生がすかさず質問する。

「皮膚の色合いから、力の掛かり具合を計算したんだ。強く圧迫された部分はそれだけ痣が濃くなるからね。もちろん、首の組織は均一ではないから、部位によって圧迫に対する反応の強弱がある。だから、他の絞殺事件の索状痕を参考にしつつ、物理的に矛盾が少なくなるように計算を行ったよ。ちなみに、解析は科警研にいる知り合いに協力してもらった。僕はこの分野のプロではないけど、信頼性の高い結果が得られたと思っている」

スクリーンに映し出されたのは、子供の上半身と、首に巻き付いたロープのCG映像だった。体は青一色で、顔や髪、衣服は省略されている。

「結果をもとに、再現画像を作ってみたよ。犯人は倒れた爽真くんに覆いかぶさるように首を絞めている。これは、科捜研が当時出した結果と一致しているね。爽真くんの首にロープを巻いてから地面に寝かせて、自分は地面に膝立ちの姿勢でロープの両端を引っ張ったんだと思う」

「この事件では、抵抗した形跡がないんですよね」

無機質なCGを眺めながら松山は言った。一般に絞殺では、被害者自身の首にロープを外そうとしたひっかき傷が残ることが多い。ちなみにこの痕跡は「吉川線《よしかわせん》」などと呼ばれる。

「三歳の子供だからね。何が何だか分からないうちに意識を失ったんじゃないかと思う。本人は遊びのつもりだったのかも」

北上が「遊び」というフレーズを口にした時、わずかに藤生が顔をしかめた。犯人が弟を騙した可能性に怒りを覚えたのだろう。

「……それで、分析の結果はどうなったんでしょうか」と藤生が訊く。

「ロープを引っ張った力の最大値は、左右共におよそ二五〇ニュートンという予測値が出たよ。簡単に言うと、だいたい二五キログラムの重さの物体を両手にぶら下げた状態、ということになるかな。かなり強く絞めていると言っていいと思う。明らかな殺意が認められるね」

「犯人の年齢や性別はいかがですか」

「力の強さから、子供や老人は排除できる。性別の断定は難しいけど、男性である確率の方が高いね」

「表示されているCGは、平均的な体格で描かれていますね」と松山は指摘した。

「うん。ロープが引っ張られた角度から、犯人の身長を一七〇〜一八〇センチと推定できたよ。体型については推測の域を出ないけどね。太った人間は汗をかきやすいから、被害者の遺体に汗が付着した可能性が高いと思う。そういう証拠がなかったから、極端な体格ではないだろうと予想したよ」

「ちなみに、ロープには犯人の汗や皮膚は付いていなかったんですよね」

「そうなんだよね」と藤生が北上に代わって言う。「手袋を用意していたか、服の袖やハンカチの上から握ったんだと思う」

「本当に用心深いね」と松山は感じたことを口にした。犯人は現場に落ちていたロープを使ったり、それをその場に放置したりしているのに、他には何の証拠も残していない。そのちぐはぐさが得体の知れなさを醸し出している。しかも殺害した相手は幼い男児なのだ。犯人はいったいどんな精神構造をしているのだろうか。何とも不気味だ。

「北上さんがいま説明された内容は、捜査資料に記載された事項と大きく違わないように思います。解析からは、新しい手掛かりは得られなかったということでしょうか」

「……残念ながら。ロープを引っ張った強さと体格の情報が出てきたくらいかな。犯人像がより明確にはなったと思うけど、これまでの予測を覆すデータではなかった、というのが正直なところかな」

藤生が大きなため息をつく。最も大事な手掛かりである索状痕は、犯人を絞り込む手掛かりにならないことが判明した。落胆するのは当然だろう。

会議室の重苦しい雰囲気を変えようと、「被害者の衣服の再鑑定は進んでるの？」と松山は藤生に質問した。最新技術による分析は、彼女の担当だ。

「……そちらも、あまりうまくいってないの」と藤生が伏し目がちに言う。「実は、衣服に付着したＤＮＡや体液、毛髪の鑑定は、これまでに何度も行われていることが分かってね。だいたい三年おきで、前回は二年前」

「そういうことはあるね」と北上が頷く。「警察の分析技術は常にアップデートされている。だから、未解決事件については一定期間ごとに試料の再鑑定を行うことが推奨されているんだ」

「二年前となると……ほぼ今の技術レベルと変わらないよね」

「そうみたい。だから、最新の論文で分析に使える技術を探しているんだけど、特にこれといったものは見つかってなくて……」

「既存の技術でもいいから、こっちで再分析してみたら？」

松山の提案に、藤生は弱々しく首を横に振った。

「それも考えたけど……正直、今は自信がないんだ。どんな分析をやるにしても、衣服の一部を切り出して、その切片に含まれる物質を抽出することになるでしょ。私の技術は科捜研のレベルには達していないし、貴重な証拠品をただ無駄にするだけなんじゃないかなって……」

藤生がそんな風に弱音を口にするのを耳にしたのは初めてだった。彼女は分子生物学科の所属だ。そこを選んだのは、科学捜査に用いられる分析技術の基礎を学ぶためだと言っていた。その選択の背後には、弟が殺された事件の捜査で力を発揮したいという想いがあったはずだ。

それなのに、一番大事な場面で二の足を踏んでしまっている。自分のミスですべてを台無しにしてしまうのでは――その怖さがためらいに繋がっているらしい。

そんなことはないよ。そう言ってやりたかったが、それが無責任で能天気な慰めでしかないことは松山にも理解できた。この事件について誰よりも真剣に考えて行動しているのは藤生自身だ。

松山はため息を吞み込み、「北上さんはどう思いますか」と専門家である北上に意見を求めた。

「仕事なら、自信があるとかないとかは関係なく、指示されたことをやるべきだ。でも、今、藤生さんがやっていることは業務じゃなくて研究だからね。藤生さんが『やれない』と判断したなら、それはそれで尊重したいと僕は思うな」

「……生意気なことを言うようで申し訳ありませんが、ただの慰めに聞こえます。科学的にはやるべきということではありませんか」

「そんなことはないよ。『待つ』選択肢は全然アリだよ。『これだ』と思える新技術が発表されてからでも遅くない。例えば、汗に含まれるＤＮＡをより高感度に検出できる手法とか、衣服を傷つけることなく網羅的に付着物を解析できる手法とかね」

北上の意見は決して的外れなものではなく、きっと適切なアドバイスなのだろうと思った。それでも松山は、「時間は無限ではありません」と口走っていた。

「仮に博士課程まで同じテーマに関わり続けるとして、あと六年です。その間、ひたすら新技術が開発されるのを待つというのは、精神的な負担が強いと思います」

今、この瞬間に何かできることはないか。松山はそんな思いで、自分の感じていることをそのまま言葉にした。

しばらくの沈黙のあと、藤生が小さく息をついた。

「松山くん。気遣ってくれてありがとう。でも、もしすぐに事件を解決できなかったとしても、私はただ新技術の開発を待ち続けるつもりはないよ。捜査に使う分析手法を自分で見つけるつもり」

「あ、え、そうなの?」

「そもそも、論文になるような成果を出さないと修士から博士に進めないしね。弟の事件を解決するっていう目標を変えることはないけど、そこだけを見ているわけじゃないよ。分析技術もそう。今は素人レベルでも、いずれは科捜研で働くプロに負けない技術を身につけるつもりだから。その時に、改めて衣服の分析をやろうと思う」

「どうやら藤生さんは、松山くんが考えている以上に精神的にタフみたいだね」と北上が微笑む。

「ですね」と松山は苦笑した。「じゃあ、この事件の調査はいったん中断って形になるのかな。一応、タイムリミットまではまだ時間があるけど」

「そこは自分なりにあがき続けようとは思ってる」と藤生が表情を引き締める。「集中して事件に取り組めるチャンスだし、ギリギリまで文献を読み漁るよ」

「そっか。じゃあ、俺も手伝うよ。少なくとも期限までは一緒にやるって約束だし」と松山は言った。「といっても、具体的なアイディアがあるわけじゃないんだけど」

と、そこで藤生が急に口を閉ざした。手を口元に当て、眉間にしわを寄せている。

「どうしたの?」と松山は声を掛けた。

「……一つ、試してみたいことがあって」と、藤生は北上の方に顔を向けた。「事件の有力な容疑者だった滑川に、ポリグラフ検査を試してみたいのですが」

　ポリグラフ検査は、質問に対する被験者の生理的反応を測定し、真相に迫ろうという捜査手法だ。一般的には「嘘発見器」として認知されている。

「ポリグラフ検査、か……」と北上が頭を掻く。

「難しいでしょうか」

「あ、いや、分室時代にも試したことがあってね。それを思い出したんだ」

「成果はあったのでしょうか」

「大失敗が一回、狙い通りの反応が引き出せたのが一回。だから一勝一敗だね。ただ、犯人特定の決め手になるほど証拠能力が高いわけではないよ。心拍数や呼吸、発汗量の変化といった生理的反応は誤差が大きいから、判定の精度を保証できないんだ。それは理解しているかな」

「分かっています。ただ、個人的な興味から試してみたいと感じているだけです。この事件の捜査では一度もやったことがないみたいなので」

「なるほど。で、どういう反応を引き出せたら成功なのかな」

「それはやはり、犯人しか知らないことを質問し、事件への関与の有無を確認したいと思っています」

「……ポリグラフ検査の使い方としては真っ当だね。ただ、事件が起きてから時間が経ちすぎているという問題はある。捜査の過程で『犯人しか知らない事実』が減って、質問に使えるものが足りなくなってるかもしれない。あとは、単純に記憶が薄れているという可能性もあるね。滑川氏が犯行に関わっていたとしても、重要な事実を思い出せずに生理的反応が現れない、みたいなパターンも起こりうる」

北上は淡々とそう説明し、「そういうリスクを理解しているのなら、やってもいいと思うよ」と続けた。

「いいんですか？」

「ああ。たぶん、土屋さんもそう言うよ。ポリグラフ検査は科警研時代の土屋さんの得意技だったらしいよ」

「そうなんですね。じゃあ、ぜひやりたいと思います」と藤生が力強く言う。

「分かった。じゃ、全員で協力して準備しようか。いいかな、松山くん」

「はい。もちろんです」と松山はすぐさま頷いた。藤生がやると言っているのなら、反対する理由はどこにもない。

ただ、一つ不安があった。滑川と対面しても、果たして藤生は冷静でいられるのだろうか？

おそらく、その場では平常心を保てるだろうが、問題はそのあとだ。感情を押し殺そうと無理をしたことがストレスになり、大きく体調を崩すのではないか。そんな気がして仕方がなかった。

真実を明らかにするのはもちろん大事だが、そこで人生が終わるわけではない。壊れてしまわないように、藤生の心を守らなければ。

北上のポリグラフ検査に関する説明を聞きながら、松山は密かにそんな決意を抱いたのだった。

7

八月一日、土曜日。松山は藤生と共に、千駄木《せんだぎ》の住宅街を歩いていた。東啓大からだと、直線距離で一・六キロメートルほど北になる。

時刻は午前十時半。晴天の空では真夏の太陽が輝き、地上は強烈な光で満たされていた。大学からここまで徒歩でやってきたので、胸や背中が汗でぐっしょり濡《ぬ》れている。正直家に帰ってシャワーを浴びたい気分だったが、藤生は真剣な眼差しで黙々と歩を進めていた。日傘を差し、ただ前だけを見ている。その横顔には緊張と覚悟がみなぎっていた。

狭い路地の左右には古いアパートが肩を寄せ合うようにして建ち並んでいた。そのうちの一軒の前で藤生は立ち止まった。

「ここだね」

目的の建物は瓦葺《かわらぶ》きの二階建てで、正面に玄関がある。一見すると普通の民家のようだが、玄関先には四戸分の郵便受けが設置されていた。玄関は共用で、中でそれぞれの部屋に分かれているようだ。

「こういう物件、今でもあるんだね」と松山は素直な感想を口にした。

「この辺りは大学が多いし、家賃の安い物件のニーズが高いんだろうね」

藤生は小声で言い、玄関のガラス戸に手を掛けた。鍵は掛かっていなかった。ガラガラと大きな音を立てて戸が開く。

入ってすぐのところに下駄箱があった。靴を脱ぎ、廊下に上がる。建物内はしんとしていた。廊下に窓はなく、薄暗い。廊下の左右に引き戸があり、突き当たりに「便所」「シャワー」というプレートが貼られたドアが並んでいる。どうやらトイレやシャワーも共同らしい。

そちらに向かうと階段があった。踏板の幅が狭く、角度も急だ。簡単に足を踏み外して転落しそうだが、そもそも階段の幅が狭いので両手を突っ張れば落下は食い止められる。そういう意味では手摺りが付いているのと変わらない。

壁に手を突きながら、階段を上っていく。

上がってすぐのところが二〇一号室だった。「私が」と小声で言い、藤生が木製の戸をノックする。しばらく待っていると戸が開き、男性が顔を覗《のぞ》かせた。断食中の修行僧みたいだな、というのが第一印象だった。戸の端を摑んだ手首は腕立て伏せをしただけで折れそうなほど華奢《きゃしゃ》だ。髪型は五分刈りで、額が広い。生え際がかなり後退しているようだ。肌につやがなく、顔色も悪い。年齢は今年で三十九歳のはずだが、それよりは五、六歳老けて見えた。

「初めまして。東啓大学の……」

藤生が名乗ろうとしたところで、男が手を上げて遮った。「話は外で」と囁き、戸締まりをして階段を降りていく。仕方なく、男のあとを追って一階に降りる。

玄関を出ると、男は周囲を警戒しながら路地を歩き出した。その背中を見つめながら、「本当にこの男が殺人者なのだろうか」と松山は思った。

今、松山たちの二メートル前を歩いている男が滑川だ。彼は事件後に何度も引っ越しを繰り返しており、二年前からさっきのアパートに住んでいる。自分たちのすぐ近くに滑川が暮らしていたことに、松山は因縁めいたものを感じずにはいられなかった。

滑川は無言で五分ほど歩き、住宅地の中にある公園に入った。敷地は半径二〇メートルほどの円形で、中央に東屋《あずまや》があり、奥の方に滑り台やブランコ、鉄棒といった遊具が見える。

小中学校は夏休み中だが、暑さのためか公園に人影はなかった。あちこちに植えられた木々から蟬《せみ》の声が聞こえてくるばかりだ。

「あそこで」と呟き、滑川が東屋の方へ歩いていく。屋根の下にはテーブルがあり、その周囲三方に木製のベンチが設置されている。

中央のベンチに腰を下ろし、滑川は大きく息を吐き出した。

「あんたたちも座ってくれないか。立ったままの相手と話すのは好きじゃない」

藤生が無言でベンチに座る。日陰に浮かぶその表情は神妙だ。

松山は少し迷って、空いていたもう一つのベンチに腰を落ち着けた。

「悪いな、暑いのに外に連れ出して。あのアパートは壁が薄いから、話が誰かに聞かれる危険性があるんだ」

「いえ、無理を言って押し掛けているのはこちらなので」と言い、藤生は居住まいを正した。「東啓大学理学部、科学警察研究講座の藤生です」

「あ、松山です」

「……ああ、うん」と相槌を打ち、滑川は「それで、何の用だ」と公園の出入口を見つめながら言った。注意して見ていたが、滑川は藤生が名乗っても何の反応も見せなかった。どうやら、彼女が事件の犠牲者の姉であることに気づかなかったらしい。

「ポリグラフ検査を拒否した理由を伺いに参りました」

「……任意だろ、あれは」と滑川が眉根を寄せる。「断る権利はあるはずだ」

「もちろん強制ではありません。しかし、そこまで負担の大きい検査ではありません し、潔白だという事実が補強されるわけですから、受けるメリットはあるかと」

「なんで補強する必要があるんだ」と滑川は低い声で言った。「確かに俺は前科者だよ。だけど、罪を償って刑務所の外に出たら、一般人と同じ扱いになるべきだろう。近所の公園で子供が殺されたからって、疑いの目を向けられる謂《いわ》れはないはずだ」

「それは……」

「それなのに、警察の連中は寄ってたかって俺を犯人に仕立て上げようとしていたんだ。というか、未だに疑ってるんだろ。引っ越しても引っ越しても話を聞きにきやがる。俺を逮捕するだけの証拠もないくせに」

「私たちは警察の人間ではありません」

「捜査に協力してるんだろ？　だったら同じ穴の狢《むじな》だ。あんたたちだって、俺が犯人だと思ってるんだろ？」

「そんなことは……」

「じゃあ、関係者全員にポリグラフ検査を受けるように頼んだか？　頼んでないだろ、どうせ。俺を最優先にしている時点で、『お前が怪しい』って言ってるようなもんじゃないか」

滑川の指摘に、藤生が唇を噛んで黙り込む。確かに滑川の言い分は正しい。彼以外の人間には、ポリグラフ検査の話はしていない。

「給料は安いけどちゃんと働いてるし、二度と性犯罪を起こさないように定期的に専門医のカウンセリングも受けている。俺は俺なりに真っ当に生きてるんだ。あんたらにいつまでも付きまとわれる理由なんてない」

早口に言って、「もういいだろ」と滑川が立ち上がる。

「あの」と松山は腰を浮かせた。「滑川さんは、誰が犯人だと思いますか」

「知らないよ、そんなこと」

「印象だけでも結構です。当時、どう感じたか聞かせてもらえませんか」

「……亡くなった男の子を、何度か見掛けたことがある。いつも騒がしくて、落ち着きがなくて、まるでしつけのなってないチンパンジーみたいだった。なのに、遺体には抵抗の形跡がなかったんだろ。だから、犯人は心を許せるような……いや、思わず警戒を解いてしまうような親しい相手じゃないかと思った。あくまで俺の印象だけどな」

滑川はそう語り、「頼むから、もう来ないでくれよ」と言い残して去っていった。

二人だけになり、松山はベンチに座り直した。

隣では藤生がじっと押し黙っている。

「……どういう風に話を持っていくのが正解だったのかな」

松山は東屋から覗く青空を見つめながら言った。自分たちは失敗したのだろうか。

「正直、私も分からない」と藤生が嘆息する。「でも、経験不足なのは確かだと思う。やっぱり、北上さんに同行してもらえばよかったかな……」

松山は何も言えず、ただ小さく息をついた。滑川に会いに行くと伝えた時、「一緒に行こうか」と北上は言ってくれた。それを断ったのは藤生だった。自力でなんとかしたいという気持ちが先走りすぎてしまったのかもしれない。

交渉とはとても呼べない、一方的な拒絶。こうなってしまった以上、北上を連れてもう一度会いに行っても、滑川が態度を変える可能性はほとんどないだろう。ポリグラフ検査を受けさせれば事件が解決すると決まったわけではないが、やれなかったことが残ることは後悔に繋がる。全力を尽くせなかった、という悔いが生まれてしまう。

こうして座っていても事態は何も変わらない。それが分かっていても、なかなか立ち上がる気力が湧いてこない。それは藤生も同じらしかった。彼女は無言で、コンクリートの床を這う蟻を見つめている。

「――ああ、いたいた」

ふいに聞こえた声に顔を上げる。公園の入口のところに土屋の姿があった。

松山が立ち上がろうとすると、「そっちに行くから」と土屋が小走りに東屋に駆け寄ってきた。

「どうして先生がここに……」

「滑川に会うって話を北上に聞いてな。様子を見に行こうかと思って」と土屋が額の汗を拭う。「アパートの方に行ったら、ちょうど帰ってきた滑川と会ってな。公園で話をしたって言うから、こっちに来たってわけだ」

「そうだったんですか。忙しいのにわざわざすみません」

「いやいや、謝るのはこっちの方だ。すまんな、ろくにアドバイスもできなくて。この一週間ほど、太平洋岸の海水サンプルの採取のためにずっと茨城《いばらき》の方にいたんだ。それがようやく終わって、今朝こっちに戻ってきたところだ」

言われてみれば、土屋の顔はかなり日に焼けている。自らフィールドワークに勤《いそ》しんでいたらしい。

ちらりと隣を窺うと、藤生は座ったまま土屋を睨んでいた。それくらいの熱意でこっちにも力を貸してくれたらいいのに……という恨み節が聞こえてきそうだ。

「で、滑川のDNAは無事にゲットできたのか？」

DNA？　土屋の質問に、松山は首をかしげた。

「……あの、先生。何のことでしょうか。俺たちは、ポリグラフ検査への協力を頼みに来たんですけど」

「ん？　それは面会のための建前で、本当の目的はＤＮＡの採取だったんだろ？」

どうも話が嚙み合わない。前にもこんなことがあったなと思いつつ、「何か勘違いをされていませんか」と松山は言った。

「いやだから、両利きの人間を探すために遺伝子解析をやるんだろ。自分たちで作業をやるために、事件関係者のＤＮＡを集め直しているんじゃないのか」

「ちょ、ちょっと待ってください」と慌てた様子で藤生が立ち上がる。「両利きというのはどういうことでしょうか」

「さっき、首のロープ痕の解析データを見た。それによると、犯人はロープを左右均等な力で引っ張っていた。普通は利き手の方が強い力になる。ぴったり同じ値ってことは、両利きだという推理が導かれるんじゃないか」

土屋の言葉に、松山はみぞおちを殴られたような衝撃を受けた。確かに土屋の言う通りだ。自分たちにはその視点が抜けていた。犯人の利き手に関する議論はしていない。

「ですが……」

反論しようとした藤生を、「いや、分かる」と土屋は制した。「このデータだけから両利きだと断定することはできない。たまたま両方の腕の筋力が同じだったとか、怪我で利き手側が弱くなったとか、道具を使って絞めたとか、いろんな可能性が考えられる。ただ、時には飛躍も必要だろ。無数の仮説の中から一つを選んで検証する——そこから突破口を見つければいい」

「あの、基礎的な質問で恐縮なんですが、利き手は遺伝子で決まるんでしょうか」

「いや、生活習慣とかしつけとか、様々な要素が絡むからな。絶対というわけじゃない。統計的に解析した結果、特定の遺伝子の変異が利き手に関係しているらしい、という推測がなされただけだ。それでも、やってみる価値はあるんじゃないか」

「……その解析は、私でもできますか」

そう尋ねる藤生の表情には気迫がみなぎっていた。

「論文は出ている。北上に手伝ってもらえば大丈夫だろう」

「DNAのサンプルは警察に保管されているものを使います。すぐに取り掛かりたいので、先に戻ります！」

そう言って藤生が駆け出す。

「元気だな、若者は」と笑って、土屋はどっかりとベンチに座った。

「俺も戻った方がいいですよね」

「好きにすればいい。君が手を貸す必要はないと思うが、勉強にはなるだろう」

「分かりました。じゃあ、お先に失礼します」

一礼し、東屋の日陰から日向《ひなた》に出る。

「――松山」

振り返ると、土屋と目が合った。

「出雲さんから聞いたよ。一人で竹の塚警察署に行ったんだってな」

「あ、それは……」

汗がぶわっと噴き出す。

「別に叱《しか》ろうってわけじゃない。何の話をしたんだ？」

「……事件の犯人についての個人的な考えを、現場に一番乗りした警察官の方に聞いてもらいました」

「研究室のメンバーに黙ってたってことは……母親犯人説か？」

土屋の指摘に、松山は無言で頷いた。

「偉いな、松山は」と土屋がしみじみと言う。「藤生に気を遣ったんだろ？　俺だったら、全員がいる場でその推理を堂々と口にしてただろうな」

「藤生さんを傷つけるかなと思って。でも、何も考えずにその仮説を披露していたとしても、彼女は平気だった気もします。脆すぎる推理でしたし」

「……案外、そうとも言い切れないかもしれないぞ」

「え？」

「別に母親が犯人だって言ってるわけじゃない。ただ、思いがけない真実が飛び出してくる可能性はある。藤生が心の底からショックを受けるような、強烈なやつがな。だから、彼女に対する気遣いの気持ちを忘れないでいてもらいたい」

松山は唾を呑み込んだ。

「……自分に、その役目が務まるでしょうか」

「本来なら俺がやるべきことなんだが、どうも彼女には嫌われているようだからな」と苦笑し、土屋は頭を掻いた。「すまんが、よろしく頼む」

「分かりました。できるだけのことはやってみます」

松山はそう答えて、早足で公園をあとにした。

8

八月十七日、月曜日。島本哲人は竹の塚警察署のロビーにいた。時刻は午後一時になろうとしている。

例年、盆休みの前後三日間は運転免許証の更新手続きで署内が込み合う。今日も午前中はかなりの数の区民が署を訪れていたが、今は波が引いたようにがらんとしている。

その静けさに、島本は不穏な気配を感じ取っていた。虫の知らせというやつだろうか。オカルトは信じていないが、何かよくないことが起きる時は、こんな風に得体の知れない不安を覚えることがある。

ただの気のせいであってほしい。そう願いながら待っていると、ロビーにふらりと人影が現れた。半袖のワイシャツにノーネクタイという、クールビススタイルだ。ただ、髪には寝ぐせがついていて、微妙に無精ひげも伸びている。少なくとも、切れ者だという雰囲気は感じられなかった。

……本当に、この男は「科警研のホームズ」と呼ばれていたのだろうか。

島本は男に近づき、「土屋さんでしょうか」と声を掛けた。

「ああ、どうも。すみませんね、いきなり」

確かに急だった。「会って話したいことがある」と土屋から連絡があったのは、今日の午前中のことだった。

「いえ、本来であればこちらから大学の方にお伺いするところなのですが」と島本は言った。「例の事件の話ですね」

「そういうことです。どこの部屋でやりますか」

「案内いたします」

土屋を連れ、打ち合わせに使う小部屋に移動する。先日、松山と話をした部屋だ。部屋に入ると、「お掛けください」の一言を待つことなく、土屋は勝手に上座に座った。その態度に鼻白んだが、島本は表情には出さずに向かいに腰を下ろした。

「この間は、ウチの学生がお世話になりました」

「いえ、お気になさらず。当事者に話を聞きたいという彼の気持ちは理解できます」

「今日、学生を連れてくるかどうか迷ったんですよ。松山じゃなくて、藤生の方なんですがね。彼女と話したことは？」

「……星良ちゃんが子供の頃から知っていますが、直接言葉を交わしたことはありませんね」

「そうですか。とりあえず、これを」

土屋がズボンのポケットから折り畳まれた紙を取り出す。開いてみると、そこには知らない英語が書かれていた。

「ええと、これは……」

「両利きに関連する遺伝子の名前です」と説明し、土屋はテーブルの上で手を組み合わせた。「両利きには二種類あることをご存じですか」

「……いえ」

「右手と左手に異なる作業を割り振っているケースと、どちらの手でも同じように作業ができるケースの二つがあります。字を書くのは右、食事は左、みたいなのは前者ですね。こちらで検討した結果、藤生爽真くんを殺した犯人は、右も左も同じ強さでロープを引っ張っていたことが判明しました。このことから、犯人は『純粋な』両利きだったのではないかと推理しました。で、関係者の遺伝子を調べたんです」

　土屋はそう説明し、島本の目をまっすぐに覗き込んできた。

「このデータは島本さんのものです。遺伝子からは、あなたが両利きである可能性が高い、という結論になりました」

「いや、自分は……」

「ああ、いいんです。今の話は本題じゃないんで。興味深かったのは、両利きの遺伝子変異を持つ人物がもう一人いたことです。誰だか分かりますか？」

「いえ、見当もつきません」と島本は首を振った。

「殺された藤生爽真くんですよ」

　土屋が軽く口にした事実に、島本は寒気を覚えた。この男は真実を摑んでいる。島本は、直感的にそう確信した。

「欧米では、左利きからの矯正の影響で後天的に両利きになった人間が結構な割合でいるらしいですが、両利きの遺伝的変異を持つ人間は珍しいんですよ。とあるデータだと、人口の二パーセント未満らしいです。単純計算すると、犯人と被害者が共に両利きである確率は、たったの〇・〇四パーセントしかない。偶然と片付けるには、あまりに低い数字です。これはひょっとしたら、遺伝じゃないかと思った。だから、やってみたんですよ。親子鑑定を」

ああ、と思わず声が漏れた。やはりこの男は真実を見抜いているのだ。

「その結果、藤生爽真くんの父親があなたであることが判明しました。そのことは知っていましたか？」

「それは……」

島本はテーブルに視線を落とした。そのことは、十四年前から知っている。ただ、どう答えるのが正解なのかまるで分からなかった。

「これに関しては、警察の落ち度と言うしかないと思います。DNA鑑定に用いる遺伝子上の部位をマーカーと呼びますが、個人の特定でも親子鑑定でも同じ十五種類のマーカーを用いるんですよ。関係者のDNAプロファイルをじっくり見比べれば、父親が異なっていたことに気づいていたはずです。しかも、DNA鑑定は数年ごとに何度も実施されてきたわけですからね。隠された事実を見つけ出すチャンスはいくらでもあった。データに対する真剣さがまったく足りていません」

土屋は厳しい口調でそう指摘した。彼の説明を聞き、島本は自分が同僚のミスに助けられていたことを初めて知った。自分が爽真の父親だと気づかれていたら、おそらく捜査の流れはまるで違うものになっていただろう。

「まあ、その辺は今はいいでしょう。とりあえずこちらの考えを話すので、肯定なり反論なりしてください」

土屋は胸ポケットから出したボールペンを回し始めた。

「状況から考えて、爽真くんの首をロープで絞めたのはあなたでしょう。力の掛かり具合もそうですし、物証もそれを示唆しています。あなたは救護という名目で現場に最初に駆け付けている。爽真くんの遺体に触れて当然という立場です。だから、汗やＤＮＡが検出される。ただ、そこに含まれる情報が見過ごされていたというだけです」

島本は、黙って土屋の推理を聞くことに決めた。彼の話がどこに向かうか予想できなかったからだ。余計なことを口走れば、それが新たな推理の材料になりかねない。

「ただし、爽真くんを殺したのはあなたではないと考えています。首を絞められているのに、抵抗した形跡がなかったからです。あなたは睦子さんと不倫関係にあったわけですが、周囲の人間はそれに気づいていなかった。睦子さんの生活リズムから推測するに、爽真くんの昼寝中に会っていたのではないかと思います。つまり、爽真くんがあなたに懐く機会はなかった、と推測できる」

土屋の考えは真実を射抜いていた。島本は一度も爽真と遊んだことがない。あの日、首を絞める時に初めて体に触れたくらいだ。

「では、誰が爽真くんを殺したのか。それが可能だったのは、母親の睦子さんだけだっただろうと俺は考えています。彼女は手に怪我をしていた。だから、背後から抱き締めるようにして首を絞めたんだと思いますね。柔道の締め技の要領で」

島本は唾を飲み、次の土屋の言葉を待った。彼が「それ」に触れるかと思ったが、出てきたのは「睦子さんは心中を試みたのでしょう」という推理だった。

「前日から現場に落ちていたロープは、睦子さんが工事現場から持ち出したものだった。彼女は爽真くんを殺し、そして木の枝にロープを引っ掛けて首吊り自殺しようと考えていた。ところが、いざとなった時に一人でやれないことに気づく。それで、あなたを呼びに行ったんです」

その推理は微妙に真相から外れていた。睦子は首吊りに使う木の台を植え込みの中に隠していた。ところが、それを使おうと乗った途端、台が割れて壊れてしまった。だから、仕方なく島本に手助けを求めたのだった。ちなみに壊れた台は島本が片付けた。

「あなたは睦子さんを死なせたくなかったし、犯罪者にもしたくなかった。だから自殺を思いとどまらせ、他人の犯行に見せ掛けるために爽真くんの首を絞めた。それが事件の真相である。俺はそう考えています」

土屋はそう語り、「で、どうですか？」と水を向けてきた。

「……その推理を、どう証明するつもりですか」

「現状、これ以上の分析は無理ですね。確実と言えるデータは、あなたと爽真くんの親子関係だけです。それが犯行を証明してくれるわけじゃない。適切とは言えない関係が公になって、それでおしまいです」と土屋は肩をすくめた。「死体損壊罪の時効は確か三年でしょう？　法律的にはもう事件は終わってるんです。一応、報告義務がありますので、データをまとめたレポートを作って出雲所長に提出します。ここまでが俺の仕事です。もし幕引きが必要だと思うのなら、ご自身で判断してください。じゃ、これで」

何の躊躇も見せずに土屋が立ち上がる。

「待ってください」と島本は慌てて呼び止めた。

「何か？」

「今の推理を、星良ちゃんに話したんですか」

「言いましたよ。余すことなく、一から十まで。どうしても知りたいと本人にせがまれたのでね」

「いや、だからといって全部を伝える必要はないでしょう。そんなことをしたら、彼女の人生を歪めてしまう危険がある」

「でしょうね。でも、藤生は俺の教え子です。『知りたい』という気持ちには応えてやりたいし、応えるべきだろうと思いました。それが、教育者としての俺の判断です」

土屋はそう言い切ると、ドアを開けて会議室を出ていった。

一人になっても、立ち上がる力が湧いてこない。島本は椅子の背に体を預け、目を閉じて大きく息をついた。

土屋の語った推理はほぼ正しい。

しかし、ある一点において完全に誤っていた。

睦子に呼ばれて公園に駆け付けた時、爽真はまだ生きていた。意識はなく、呼吸も止まってはいたが、心臓は動いていた。適切な蘇生処置を施せば、おそらく命は助かっただろう。

それを知りつつ、島本はロープで爽真の首を絞め、息の根を止めた。そのことは、睦子には言っていない。彼女は死ぬ直前まで、自分の手で息子を殺したと思い込んでいたはずだ。

目を閉じると、いつでもあの頃の睦子の姿が浮かんでくる。

関係が始まるきっかけは、定期パトロールで彼女の家を訪ねたことだった。睦子は雑談の中で、夫との関係がうまくいっていないことをほのめかし、「また来てください」と甘えるような声で言った。

誘惑されているのだということに、二度目の訪問で気づいた。その誘いに乗ってしまったのは、若さゆえの過ちとしか言いようがない。

睦子との付き合いは、心地のいいものだった。少なくとも、自分から「やめよう」

と言い出せないくらい、島本は彼女に惹《ひ》かれていた。睦子も同じ気持ちだったのだろう。だから、何年間もずるずると続いたのだと思う。

だが、その許されざる関係は、ある日突然壊れた。

——爽真が怪我をしてしまったの。一緒に来て。

睦子はいきなり交番に現れ、そう言った。彼女が島本のところに来たのはそれが初めてだった。よほどのことが起きたのだと思い、島本は現場へと向かった。そして、林の中で倒れている爽真を発見した。

「私が殺したの。私も死ぬから、手伝って」

睦子は血走った目で言い、地面に落ちていたロープを指差した。

その時点でもまだ、島本は爽真が自分の子供であることを知らなかった。ただ、彼女が爽真の育児にひどく苦労していることは前から分かっていた。だから、そのストレスが極限に達し、心中を決意したのだと思った。

島本は睦子のことを愛していた。このまま彼女を死なせたくない。島本はその一心で、偽装工作を施すことを決めた。

事件の三カ月後、島本は久しぶりに二人きりで睦子と会い、そして爽真が自分の子供であることを知らされた。同時に、離婚して実家に帰るつもりだという話も聞いた。

爽真の死は、夫を裏切った罰だ。睦子はそんな風に思い込んでいた。島本は睦子と共に暮らすことを望み、結婚を申し込んだが、彼女は首を縦に振ろうとはしなかった。

——あなたを見ていると、爽真のことを思い出すから。面影があるの。

睦子はそう言うと、「もう会わない」と一方的に宣言し、島本の前から姿を消した。彼女の実家に押し掛け、結婚してくれと頼むことはできただろう。ただ、それによって、周囲の人間が事件の真相に気づく危険性があった。だから、島本は時が流れるのを待った。ほとぼりが冷めたら、改めて睦子に会いに行こう。そう思って暮らしていたが、その願いを叶えるより前に、睦子は自ら命を絶ってしまった。

事件の捜査に関わろうと考えたこともあった。証言を捏造《ねつぞう》して滑川に罪をなすりつけられないかと知恵を絞ったこともあった。だが、島本は結局は何もしなかった。余計なことをすれば、むしろ藪蛇《やぶへび》になりかねないからだ。誰が犯人か分からない、中途半端な状態が維持されることだけを願っていた。

だが、それももう終わりだ。真相は暴かれてしまった。

あるいはこれも、運命だったのかもしれない。藤生星良は、弟の敵を討つと心に誓い、科学警察研究講座に入った。そして科警研の所長の力を使って、事件の捜査に加わった。彼女の努力を引き出したのは島本自身だ。

無事に事件が決着したら星良に会おうと島本は決めた。許しを請うつもりはない。ただ、人生をめちゃくちゃにしたことを詫びたい。もちろん、本人の了承が得られなかった場合は、おとなしく引き下がるつもりだ。彼女の気持ちが最優先だ。

いずれにせよ、すべてを正直に告白すれば、もう警察にはいられなくなるだろう。

「……警察官としての最後の仕事、か」

島本はそう呟き、ゆっくりと立ち上がった。

9

夢の始まりはいつも唐突だ。ＳＦに出てくる転送装置で、いきなりその場所に連れて来られたかのように、気づくと座敷に座っている。

爽真の火葬が終わるのを待つ、憂鬱な時間。

これが、二百六十回目ということになる。

大人たちは今日も、ひそひそと言葉を交わしている。

──誰がやったんだ、いったい。

声は聞き取れなくても、口の動きでそう言ったのが分かった。

いつもと同じ、退屈な光景が、淡々と繰り返されていた。

「……どうして」

どこからか、声が聞こえた。

遅れて、それが夢の中の自分が発した声だと気づく。

どうして、誰も疑問に答えないのか。事件の真相はすでに明らかになったというのに。

疑問が苛立ちに変わり、激しい熱を伴って体中に広がっていく。

「どこにいるの？」

藤生は立ち上がり、辺りをぐるりと見回した。だが、座敷のどこにも母の姿は見つからなかった。

「ずるいよ、そんなの！　みんな、誰が爽真を殺したのか知りたがってるんだよ！」

と藤生は畳を激しく踏み鳴らした。

怒りで体が震える。涙が滲み、喉の奥が痛くなる。

拳を体の横で強く握り締めながら、藤生は叫んだ。

「私、知ってるんだよ！　お母さんが犯人なんでしょ！　それなのに知らんぷりして、被害者みたいな顔をして逃げ回ってるんだっ！」

藤生は怒りに任せて、座卓の上にあった空の灰皿を摑んだ。

それを壁に投げつけ、畳を何度も踏みつける。

「そんなの、大人のすることじゃない！　私の人生をめちゃくちゃにしたのはお母さんなんだっ！　私はただ、家族みんなで仲良く暮らせればそれでよかったのにっ！」

藤生はただ感情のままに、心に浮かんだことをぶちまけた。大声を出しすぎた反動で咳き込み、藤生は畳を睨みつけながら荒い呼吸を繰り返した。

そこで、座敷が静まり返っていることに気づく。

ゆっくりと顔を上げる。

親戚の大人たちが、こちらを見ていた。

誰も、何も言おうとしない。全員が、とても悲しそうな顔をしている。中には涙を流している者もいた。

――仕方がなかったんだ。

誰かがぽつりとそう言った。

そこで、ふっと目が覚めた。

つけっぱなしの天井のLEDライトが眩しい。

カーテンの隙間から、薄青い光が差し込んでいる。夜明けが近い時間らしい。時刻を確かめようと枕元に手を伸ばすが、そこにあるはずのスマートフォンが見当たらない。

ベッドから身を乗り出して床を探す。予想通り、スマートフォンはそこに落ちていた。

ベッドを降りてスマートフォンを拾い上げたところで、画面に幾筋ものヒビが入っていることに気づいた。電源も切れていて、再起動を試みても何の反応もない。完全に壊れてしまっている。

ベットから落としただけで、こんな風になるとは思えない。改めて室内を見回し、壁に見覚えのない傷を見つけた。

灰皿を投げた時だ、と藤生は思った。寝ぼけて枕元のスマートフォンを摑み、壁に投げつけてしまったらしい。

「……あーあ、何やってんだろ」

ため息をつき、再びベッドに横になる。

とんでもない失敗をしてしまったが、気分は悪くなかった。

「もう、いいか」

天井を見つめながら、藤生はぽつりと言った。

近いうちに父親に電話をしようと思っていた。自分たちがたどり着いた事件の真相を伝えたら、剛志はどんな反応を見せるだろうか。喜びはしないだろう。そしてたぶん、大して驚くこともないだろう。

剛志は最初から真相を知っていたはずだ。藤生はそう確信していた。

母親は、心中するつもりで爽真を殺した。それが真相であるという結論に異論はない。だが、不可解に感じる点もある。

なぜ、睦子はそんな極端な行動に走ったのか？　その疑問はまだ解決されていない。確かに睦子は精神的な不調を抱え、定期的にメンタルヘルスケアを受けていた。爽真の育児に苦労し、いつも「疲れた、疲れた」と愚痴をこぼしていた。

それでも、いきなり心中を決行するほど追い詰められていたとは思えない。それが、身近で睦子を見ていた者としての率直な意見だった。

事件の直前に何かがあったはずなのだ。睦子を決定的に追い込むような、何かが。

この疑問については、研究室のメンバーとは話し合っていない。不自然さには気づいているだろうが、藤生のことを思ってあえて黙っているに違いない。

だから、自分で答えを出すしかなかった。

そして藤生はすでに、一つの仮説を見つけていた。

睦子を自暴自棄にさせたのは、剛志だったのではないか。それが藤生の出した答えだった。

顔立ちだったのか。それとも、耳の形や指の長さといった、体のパーツだったのか。きっかけは分からないが、剛志はある時、「爽真は別人の子供ではないか」という疑念を抱いた。そして、それを確かめるために密かにＤＮＡ鑑定を行い、自分の考えが正しかったことを知った。

剛志はその事実を、容赦なく睦子にぶつけたのではないかと思う。妻の不貞を責め、そして離婚を迫った。それはある意味では、復讐と呼ぶべき行動だったのかもしれない。裏切った妻を許さない、傷つけてやる、という気持ちがあったはずだ。

その結果、睦子は心中という破滅的な選択をした。

果たしてそれは、剛志の望んだ結末だったのだろうか。その答えは本人に訊かなければ分からないことだが、睦子が我が子の殺害に関わっていたことを剛志は察していたはずだ。

爽真の死は、不倫の贖罪《しよくざい》にはならなかった。剛志は睦子と別れ、娘と二人で生きていくことを選んだ。

それが、藤生の考えた推理だった。

昨日の夜、眠りにつくまでは、自分の考えを剛志にぶつけるつもりだった。場合によっては親子の縁を切る覚悟もあった。

だが、今はもうその気は失せた。

夢に出てきた大人たちの、あの悲しそうな瞳。そして、仕方がなかったんだという、寂しげな呟き。

睦子も剛志も、家族を不幸にしようなんて気持ちは一切なかったはずだ。自力では抗えない運命の波に流され、そしてああいう結末にたどり着いてしまった。

子供の頃の自分なら、一連の出来事の真相を受け止めきれなかっただろう。なんでそんなことになったの、と両親や親族を責めていたはずだ。だが、自分が大人と呼べる年齢になって、ようやく分かった。大人だからといって、何もかも思い通りにできるわけではない。子供以上に現実に苦しみ、悩みながら必死に生きている。そういう、弱い存在なのだ。

スマートフォンを壊してしまったのは、きっと何かの運命だ。当面の間、剛志に事件の話をしないことに決めた。いつか、もう少し自分の中で整理がついてからでも遅くはない。

事件のことを考えなくていいと思うと、急に気分が楽になった。

「……もう、大丈夫かも」

藤生はリモコンで天井の明かりを消し、再び眠りの世界に潜っていった。

それは、久しぶりに味わう安らかな睡眠だった。

その心地よさに身をゆだねていると、チャイムの音が聞こえてきた。ぱっと目を覚ます。壁のインターホンのランプが赤く光っている。来客だ。

室内はさっきよりも明るくなっている。ベッドを降り、インターホンのモニターに近づく。画面に映っていたのは松山だった。モニターの右隅に表示されている時刻は、午前七時十分だった。

藤生は首をかしげつつ、通話ボタンを押した。

「……松山くん？　どうしたの」

「あ、藤生さん？　大丈夫？」

「何のこと？」

「いや、昨日の夜から何度かＬＩＮＥにメッセージを送ったんだけど、全然既読が付かないから心配になって。その、何かあったらいけないなと思ったんだ」

「ああ……ごめん、スマホを壊しちゃって。それで見られなかったんだ」

「そうなんだ。よかった」と松山が安堵のため息をつく。

「ごめん、心配させちゃって。っていうか、うちの住所、教えたっけ」

「土屋先生に聞いたんだ」と松山が答える。つまり、松山の来訪は土屋のお墨付きということか。

「……私、そんなにヤバそうに見えてたのかな」と藤生は質問した。「じゃないと、半日既読が付かないだけで、こんな風に家に来たりしないでしょ」

「いやまあ、事件が一段落してから、しばらく連絡取ってなかったし」とバツが悪そうに松山が言う。

「それは単に勉強に集中してただけだよ」と藤生は言った。藤生と松山は大学院入試の準備のためにこの十日ほど大学を休んでいた。

と、そこで大事なことに気づく。

「あれ、院試って今日じゃん」

「そうだよ」と松山が呆れたように言う。「だから様子を見に来たんじゃないか。試験開始は九時だからさ」

「ごめんごめん、うっかりしてた。勉強に集中しすぎたせいかな」

「……本当に？」と、松山がカメラのレンズを覗き込んでくる。

藤生は視線を逸らし、「半分くらい、強がりかも」と言った。「正直、あれこれ考えてた時間も結構長かった」

「……うん、それが普通だよ」

「でも、もう大丈夫。自分でも驚くくらい、完全に吹っ切れてるから」

「試験の準備の方は？」

「それもまあ、なんとかなると思う」

修士課程の入学試験は、十五の分野から自分の好きな六問を選んで回答する決まりになっている。生化学や分子生物学、分析科学など、研究室の活動を通じて自然と詳しくなった科目だけで五問はカバーできる。あとは英語を選べば大丈夫だろう。

「余計なお世話かもしれないけど、有機化学の予想問題を作ってきたんだ。郵便受けに入れておくから、よかったら目を通してみて。じゃ、またあとで」

そう言って松山が帰ろうとする。

「あ、待って」と藤生は彼を呼び止めた。「よかったら、一緒に直前対策をしない？　私からもアドバイスできることがあると思うし」

「え、ホント？　そうしてくれると嬉しいな。分子生物学で、微妙に不安なところがいくつかあるんだ」

「じゃ、朝ご飯を食べながらやろうか。ちょっと待ってて、支度するから」

「了解。来る途中にあったファミレスで待ってるよ」

松山が嬉しそうに言う。

その屈託のない笑みが、いつかの爽真の表情と重なる。

──おねえちゃん、ありがと。

遠いどこかから、舌足らずな爽真の声が聞こえた気がした。

ちくりと胸の奥が痛くなる。その痛みをそっと受け止め、藤生は洗面所に向かった。

本書は書き下ろしです。
この物語はフィクションです。作中に同一の名称があった場合でも、実在する人物・団体等とは一切関係ありません。

宝島社
文庫

科警研のホームズ　絞殺のサイコロジー
（かけいけんのほーむず　こうさつのさいころじー）

2021年6月18日　第1刷発行
2021年7月30日　第2刷発行

著　者　喜多喜久
発行人　蓮見清一
発行所　株式会社 宝島社
〒102-8388　東京都千代田区一番町25番地
電話：営業 03(3234)4621／編集 03(3239)0599
https://tkj.jp
印刷・製本　中央精版印刷株式会社

ISBN 978-4-299-01718-5